Stefanie Kloft

NOAH UND DER
GESTOHLENE KIRCHENSCHATZ

Stefanie Kloft

Noah
und der gestohlene
Kirchenschatz

Über die Autorin:

Stefanie Kloft arbeitet nach einem sozialwissenschaftlichen Studium und einer Weiterbildung zur Kreativitätspädagogin seit 2011 im soziokulturellen Zentrum des christlichen Vereins Lebendige Steine e.V. in Stendal (Sachsen-Anhalt). Sie ist glücklich verheiratet mit Samuel. Das kreative Schreiben ist Teil ihres Lebens, seit sie als Kind die Buchstaben auf der Schreibmaschine ihrer Eltern lernte.

⊕ www.stefaniekloft.de
◎ stefanie_kloft
❶ Stefanie Kloft

Bibliografische Information der Deutschen Nationalbibliothek
Die Deutsche Nationalbibliothek verzeichnet diese Publikation in der Deutschen Nationalbibliografie; detaillierte bibliografische Daten sind im Internet über https://dnb.de abrufbar.

ISBN 978-3-96362-452-0
Am Schwanhof 19, 35037 Marburg an der Lahn
Cover- und Innenillustrationen: Bernd Lehmann
Umschlaggestaltung: Francke-Buch GmbH / Marion Schramm
Satz: Francke-Buch GmbH
Druck und Bindung: CPI books GmbH, Leck

www.francke-buch.de
info@francke-buch.de

Inhalt

Irgendwo im Nirgendwo

Verstohlen angelte Noah sich seine Winterjacke von der Stuhllehne und legte sie über seine Schultern. Das Container-Klassenzimmer bot nicht besonders viel Schutz vor dem kalten Februarwind, der mit hohem Pfeifen um die Ecken fegte. Drüben am Schulgebäude flatterte die Werbung eines Malerbetriebes am Baugerüst. Eigentlich sollte die Renovierung der Schule längst abgeschlossen sein. Stattdessen hockten die achten, neunten und zehnten Klassen seit Beginn des neuen Schuljahres in diesen Containern. Und kein Ende in Sicht.

»Noah!«

Er fuhr zusammen, als der Schlüsselbund von Herrn Koschewski vor ihm auf den Tisch knallte.

»Mega Wurf!«, johlte Derek von der letzten Bank aus. »Zehn Punkte für Koschewski!«

Der Deutschlehrer schlug mit der flachen Hand gegen das Whiteboard, um sich Aufmerksamkeit zu verschaffen. »Hier spielt die Musik!«, rief er, um das Tuscheln und Kichern der Klasse zu übertönen.

»Drehen Sie mal lauter, ich höre keine Musik«, rief Derek zurück.

Herr Koschewski zog die Brauen zusammen und warf dem vorlauten Jungen einen eisigen Blick zu. Mit seiner großen Nase und der Halbglatze erinnerte er Noah ein bisschen an einen Geier. Er schmunzelte, doch als sein Deutschlehrer zu ihm herüberschaute, senkte Noah hastig den Blick.

»Also, wo waren wir?«, fragte Herr Koschewski. »Noah?«

»Ich hab nicht zugehört«, gab Noah betreten zu und schielte zum Schlüsselbund.

»Ganz genau«, erwiderte Herr Koschewski und durchquerte langsam den Klassenraum, angelte seinen Schlüssel von Noahs Tisch und ließ ihn in seiner Tasche verschwinden. »Du hast mal wieder nicht zugehört. Wahrscheinlich denkst du, dass du es nicht nötig hast zu lernen. Berufswunsch: Arbeitsloser.«

Die Klasse lachte.

So ein Quatsch!, wollte Noah rufen. *Ich werde nach der Schule kein Bürgergeld beziehen, sondern Archäologie studieren.* Aber er biss sich auf die Unterlippe und schwieg.

Seit ihrem überstürzten Umzug aus Berlin weg aufs Land war nichts mehr wie vorher. Statt bei der Kripo arbeitete sein Dad jetzt stundenweise im Baumarkt und räumte Regale ein. Meist nach Ladenschluss oder am Wochenende. Das sei die perfekte Tarnung, hatten Dads Kollegen gesagt. Sicher ist sicher. Die hatten gut reden, sie waren schließlich nicht Hals über Kopf vor einer ziemlich bedrohlichen Verbrecherbande geflohen, ohne irgendjemandem Auf Wiedersehen zu sagen.

»Herr Koschewski?« Das Mädchen vor ihm meldete sich. »Die Stunde ist um.« Sie deutete auf ihre Armbanduhr.

In ihrem Container-Klassenzimmer fehlte nicht

nur eine ordentliche Heizung, sondern auch eine Klingel.

»Danke.« Der Deutschlehrer nickte und wedelte mit dem schmalen Buch herum, das sie in der nächsten Zeit besprechen würden. »Bis nächste Woche lest ihr die nächsten drei Kapitel. Und du«, er deutete auf Noah, »schreibst dazu eine Zusammenfassung.«

★ ★ ★

Langsam schlurfte Noah durch die menschenleere Fußgängerzone. Über dem Eingang des Schmuckgeschäftes hing noch die Weihnachtsbeleuchtung. Das dazugehörige Stromkabel baumelte lose im Wind. *Vorübergehend geschlossen* stand auf einem handgeschriebenen Zettel, den jemand von innen an die Glastür geklebt hatte. Vorübergehend geschlossen – so fühlte Noah sich auch gerade. Als hätte jemand die Stopp-Taste gedrückt. Seit Monaten wartete er. Auf eine Nachricht aus Berlin, dass die Verbrecherbande, die ihn entführt und seinen Vater bedroht hatte, endlich verurteilt im Gefängnis saß. Aber es passierte einfach gar nichts. Stattdessen saßen sie in dieser Kleinstadt fest und ja, er fühlte sich hier ziemlich sicher. Aber auch ziemlich einsam. Und vor allem ziemlich unwillkommen.

Noah bog in die Fußgängerzone ein, die gerade mal so lang war wie ein Berliner U-Bahnhof. Aus einem Kellerfenster drang das Rumpeln einer Waschmaschine. Er schlurfte am Rathaus vorbei Richtung Kirche; dort war ihre kleine Dreizimmerwohnung im Erdgeschoss des Pfarrhauses. Im Säulengang, der vom Rathaus Richtung Marktplatz führte, blätterte der Putz von den Wänden. Die Pflanzkübel waren von verdorrten Blumenresten überwuchert. Vielleicht war es im Sommer hier ganz schön, aber jetzt gerade hatte diese Stadt in Noahs Augen nichts Schönes an sich.

Am Brunnen auf dem Marktplatz saß Derek mit zwei Jungs aus der Parallelklasse auf der Lehne einer Bank. Sie schauten Videos auf ihren Handys. Als Noah vorbeiging, stand einer auf, machte einen großen Schritt von der Bank herunter und prallte gegen ihn. Noah stolperte zur Seite und konnte gerade so einen Sturz verhindern. Ein stechender Schmerz fuhr durch seinen Fuß, als er umknickte.

»Oh, sorry!«, entschuldigte der Junge sich überschwänglich. »Ich hab dich gar nicht gesehen!«

Das war gelogen und Noah wusste es. »Schon okay«, murmelte er. Ohne aufzuschauen, ging er weiter.

Hinter seinem Rücken tat Derek, als würde er niesen, aber in Wahrheit prustete er ein rassistisches Schimpfwort mit N heraus.

Noah zuckte zusammen. Seine Klassenkameraden in Berlin hatten manchmal *Schokomilch* hinter ihm hergerufen, eher im Scherz. Wegen seiner dunkleren Hautfarbe. Aber das, was Derek gerade gesagt hatte, war kein Scherz, sondern eine üble Beleidigung! Noah zog den Kopf ein und verschwand aus ihrem Blickfeld.

Sie wollten ihn nicht hierhaben und er wollte nicht hier sein! Aber alles, was er gekannt und geschätzt hatte, war *vorübergehend geschlossen*.

★ ★ ★

»Bin zu Hause.« Noah schlüpfte aus seinen Sport-schuhen.

Keine Antwort. Nur aus der Küche drang schummriges Licht in den winzigen Flur. Noah stieß mit dem Fuß die angelehnte Tür auf und trat ein.

Von Dad waren nur seine Finger zu sehen, die die Zeitung hielten. Er saß am Küchentisch und las, die Deckenlampe baumelte knapp über den Seiten der Tageszeitung. Ein ziemlich hässliches Ding, fand Noah. Sie bestand aus fünf hellbrau-nen Glasflügeln, die wie Blütenblätter um die Glühbirne angeordnet und mit einem dunkel-braunen Blumenmuster verziert waren. Solche Lampen hatte Noah in Berlin öfters in den »Zu-verschenken«-Boxen am Straßenrand gesehen. Selbst wenn sie nichts kosteten, wollte die keiner mehr haben.

Er ließ seinen Rucksack auf die Türschwelle sinken.

Dad hatte ihn anscheinend bisher nicht be-merkt. Raschelnd blätterte er um.

Unschlüssig blieb Noah in der Tür stehen. Dann

ging er zum Spülbecken und drehte den Wasserhahn auf. Er nahm sich ein benutztes Glas vom Stapel aus ungespültem Geschirr und füllte es zur Hälfte mit Leitungswasser.

Dad ließ die Zeitung sinken und nahm seine Lesebrille ab. Sie ließ ihn älter wirken, aber das wollte Noah ihm nicht sagen.

»Na?« Er warf Noah einen fragenden Blick zu.

Der zuckte nur mit den Schultern und nippte am Wasser. Es war lauwarm.

Sein Vater faltete die Zeitung zusammen. »Heute noch was vor?«

Noah schüttelte den Kopf. Natürlich nicht. Eigentlich wie immer. Er kippte das restliche Wasser in den Ausguss.

Draußen rumpelte ein weißer Kleinbus an den niedrigen Fenstern des Pfarrhauses vorbei. Wenn dort nicht die altmodischen Gardinen aus Spitze hängen würden, könnten die Leute ihnen direkt auf den Küchentisch gucken.

»Ich mach mir Sorgen.« Dad kaute auf dem Bügel seiner Lesebrille herum. »Ich merk doch, dass es dir nicht gut geht.«

Noah wich seinem Blick aus. »Brauchst du nicht. Es ist alles okay.«

Auf der Stirn seines Vaters entstand eine tiefe Falte, aber er erwiderte nichts.

Noah füllte sich das Glas erneut mit Wasser, diesmal wartete er aber, bis es kalt aus der Leitung kam. Dann angelte er seinen Rucksack vom Boden. »Ich geh Hausaufgaben machen.« Ohne eine Antwort von Dad abzuwarten, schlurfte er in sein Zimmer. Die niedrigen Fenster ließen kaum Tageslicht herein. Aus der Küche schaute man direkt auf die Kopfsteinpflasterstraße und die nächste Häuserzeile. Von seinem Zimmer aus sah man nur die grob behauene Wand der alten Stadtkirche.

Noah knipste seine Schreibtischlampe an, aber statt sein Schulzeug aus dem Rucksack zu nehmen, starrte er die Feldsteine der Kirchenwand an.

Der weiße Kleinbus bog nun im Schritttempo um die Ecke und kam vor dem Seiteneingang der Kirche zum Stehen. Jetzt erkannte Noah das Gefährt. Es war ein alter VW-Bus mit schwarzer Motorhaube, die irgendwie fehl am Platz wirkte.

So wie er.

Der Bus stand dort fast jeden Tag, aber heute sah Noah zum ersten Mal, wem er eigentlich gehörte. Ein Mann stieg auf der Fahrerseite aus. Noah schätzte ihn etwas jünger als seinen Dad. Mit Schwung knallte er die Tür zu und ging zum Kofferraum. Auf der Beifahrerseite stieg ein Mädchen mit schulterlangen dunklen Haaren aus. Vielleicht hatte er sie schon mal gesehen, in der Schule. Noah war sich nicht sicher. Sie könnte in seine Parallelklasse gehen.

Der Mann, höchstwahrscheinlich ihr Vater, holte eine Säge aus dem Kofferraum und schloss die Seitentür der Kirche auf.

Irritiert hob Noah die Augenbrauen. Was wollte er denn mit einer Säge in der Kirche?

Das Mädchen folgte ihm, warf dann aber noch einen Blick über die Schulter, herüber zu seinem kleinen Fenster.

Hastig senkte Noah sich über die nicht vorhandenen Bücher auf seinem Schreibtisch. Eigentlich wäre er gern rausgegangen und hätte gefragt, was sie mit der Säge vorhatten. Und warum der weiße

VW-Bus eine schwarze Motorhaube hatte. Einfach nur, um mal wieder ungezwungen mit jemandem zu quatschen. Aber als Noah wieder aufschaute, waren beide in der Kirche verschwunden und hatten die Tür hinter sich geschlossen. Nur eine Gestalt mit einer tief ins Gesicht gezogenen Kapuze hastete an der Kirche vorbei und verschwand hinter der nächsten Hausecke.

* * *

Die Minuten krochen dahin. Noah schielte auf die Digitalanzeige seines Handys, das vor ihm auf dem Tisch lag: 12:58 Uhr. Noch zwei Minuten, dann war der letzte Schultag vor den Winterferien vorbei. Auf der Leinwand lief ein Film, den Noah vor zwei Jahren schon mal im Kino gesehen hatte, und Frau Soch korrigierte nebenbei Aufsätze. Der Rest seiner Klasse schien auch eher gelangweilt das Ende der Stunde abzuwarten. Ein typischer Vor-den-Ferien-Schultag eben.

Als die Handyanzeige auf 13:00 Uhr sprang, begannen einige, ihre Rucksäcke zu packen.

»Ist es schon so weit?« Frau Soch schaute von ihren Aufsätzen auf.

»Ein Uhr.« Das Mädchen vor Noah drehte ihr Handy so, dass Frau Soch die Uhrzeit sehen konnte.

Die Vertretungslehrerin nickte und stoppte den Film. »Dann wünsche ich euch schöne ...« Der Rest ihres Satzes ging in der Aufbruchsstimmung unter.

Noah verließ als einer der Letzten die Container-Anlage. Für Mitte Februar war es heute außergewöhnlich mild, schon fast frühlingshaft.

»Hoffentlich liegt auf den Skipisten genug Schnee«, hörte er das Mädchen, das im Unterricht vor ihm saß, im Vorbeigehen sagen. Er konnte sich ihren Namen einfach nicht merken.

»Wann fahrt ihr los?«, fragte ihre Freundin.

»Heute noch, wenn mein Vater Feierabend hat.« Sie warf sich ihre langen Haare über die Schulter. »Wir müssen doch die Zeit nutzen.«

Am Schultor stand Derek, lässig an den Zaun gelehnt, und unterhielt sich mit einem seiner Kumpels. Der andere saß oben auf dem Tor und ließ es hin und her schwingen, indem er sich abwechselnd vom Zaun und vom Torpfosten mit den Beinen abstieß.

Als Noah gerade hindurchgehen wollte, gab der Junge dem Tor einen kräftigen Stoß. Hastig sprang Noah zur Seite. Die schwere Tür rauschte nur Zentimeter neben ihm vorbei und fiel krachend ins Schloss.

»Pass doch auf!«, schimpfte Noah und wollte sich an ihnen vorbeidrängen.

»Sorry, Digga«, antwortete der Junge übertrieben freundlich und Noah war nicht sicher, ob der erste Buchstabe des Wortes wirklich ein D oder nicht eher schon wieder ein N gewesen war. Der Junge öffnete das Tor mit einem Tritt auf die Klinke und ließ es wieder aufschwingen.

Diesmal war Noah nicht schnell genug, der Torflügel knallte ihm gegen die Schulter. Noah stolperte rückwärts und fiel auf die Betonplatten des Schulhofes. Er verbiss sich einen Schmerzenslaut, als seine Handflächen über die Steine schrammten.

»Alter, wie dumm von mir.« Der Junge sprang vom Tor und streckte ihm die Hand hin.

Noah zögerte einen Moment, dann wollte er danach greifen, doch der Junge zog die Hand weg und fuhr sich durch die Haare.

Die Umstehenden lachten.

»Lass gut sein«, brummte Noah und rappelte sich auf.

»Was denn?« Entrüstet stemmte Dereks Kumpel seine Fäuste in die Hüften. »Ich wollte dir doch gerade helfen.«

Noah warf einen kurzen Blick auf die blutige Schramme in seiner Handfläche und wischte sie dann verstohlen am Hosenbein ab. Ohne ein weiteres Wort ging er auf das Schultor zu. Hinter seinem Rücken hustete Derek schon wieder dieses Schimpfwort.

Wütend wirbelte Noah herum. »Ich hab das gehört! Wehe, du nennst mich noch einmal so, dann ...«

»Dann was?« Derek baute sich bedrohlich vor ihm auf, ganz nah kam sein Gesicht. »Hm?« Er ruckte mit dem Kopf nach vorn, bremste aber kurz vor Noahs Stirn ab.

Noah zuckte reflexartig zurück.

»Der will wohl wieder mal im Krankenhaus frühstücken!«, rief einer der Jungs.

»Was dann?«, fragte Derek erneut. »Ich nenn dich, wie ich will.« Wieder nannte er das Wort und zog es genüsslich lang.

Das Blut pulsierte in Noahs Adern. Noch nie hatte jemand es gewagt, ihm diese rassistische Beleidigung ins Gesicht zu sagen. Noah hob die Faust, doch darauf schien Derek nur gewartet zu haben. Er packte Noah am Arm und schleuderte ihn gegen den Zaun. Schmerz durchzuckte seine Schulter, gegen die er eben schon das Tor bekommen hatte. Er biss sich auf die Lippe, um nicht aufzustöhnen. Im nächsten Moment sah er das Schultor auf sich zurasen. Noah drehte sich weg und zog den Kopf ein; im nächsten Moment knallte ihm das Tor gegen die andere Schulter und klemmte Noah zwischen Zaun und Torflügel ein. Der Schmerz explodierte in seinem Oberkörper. Noah riss die Augen auf. Er wollte die Hand heben, um das Tor wegzuschieben, konnte sich aber nicht bewegen.

Dereks Gesicht grinste ihn durch das Gitter an.

»Dann was?« Er stieß das Tor wieder auf und Noah wollte ins Freie drängen, doch Derek war schneller. Er schleuderte den Torflügel zurück in Noahs Richtung und warf sich dann selbst mit dem ganzen Körper dagegen. Die Wucht des Tores riss Noahs Schulter zur Seite, das Metallgitter knallte ihm gegen den Brustkorb und klemmte ihn ganz ein. Die Luft wurde ihm aus den Lungen gepresst, keuchend versuchte er, zu Atem zu kommen.

»Was willst du jetzt machen?«, rief Derek und ließ das Tor erneut aufschwingen, um es direkt wieder gegen Noah zu schleudern.

Blitze zuckten vor seinen Augen, als das Metall ihm gegen den Kopf schlug.

Die anderen Schüler hasteten an Derek und seinen Kumpels vorbei hinaus auf die Straße. Niemand wollte sich mit denen anlegen.

»Du dreckiger Bastard«, raunte Derek, der mit seinem ganzen Körpergewicht das Tor gegen Noahs Brustkorb drückte. Noah konnte ihn nur aus dem Augenwinkel sehen. Das Gesicht seines Mitschülers war verzerrt vor Wut. »Du wolltest mich schlagen, Alter. Ich hab es genau gesehen.« Er machte einen Schritt zurück und warf sich dann mit der Schulter gegen das Tor.

Noah schrie auf, aber keiner reagierte.

»Ich mach dich fertig, du Affe«, drohte Derek und spuckte ihm durch das Gitter hindurch ins Gesicht.

»Ich hab's verstanden«, presste Noah hervor. Am Rand seines Blickfeldes verschwammen die Konturen des Schulhofes. Es war, als hätte sein Kopf auf Autopilot umgeschaltet, nur darauf konzentriert, so unbeschadet wie möglich aus dieser Situation herauszukommen.

»Schon klar.« Das Tor schwang auf, Derek packte ihn bei seinen lockigen Haaren und stieß ihn zu Boden. Er hob den Fuß und Noah riss sich schützend die Arme vors Gesicht, doch der Tritt blieb aus.

»Bist du noch ganz sauber, Derek?« Der wütend klingende Junge, der Derek gestoppt hatte, erwartete anscheinend keine Antwort, denn er sprach direkt weiter. »Zieh ab, Mann!«

»Misch dich nicht ...«, brauste Derek auf, wurde aber sofort unterbrochen.

»Ich misch mich ein, wo ich will!«, brüllte der andere und stieß Derek wohl unsanft weg, denn seine Füße stolperten aus Noahs Blickfeld.

Die Umstehenden tuschelten.

»Alles okay?«, fragte die fremde Stimme.

Noah brauchte einen Moment, um zu verstehen, dass er gemeint war. Vorsichtig nahm er die Arme vom Gesicht.

Vor ihm stand ein Junge aus der Klassenstufe über ihm und streckte ihm die Hand hin. Als Noah nicht reagierte, griff der Junge nach seinem Arm und zog ihn auf die Füße.

Vor seinen Augen begann der Schulhof, sich zu drehen. Noah blinzelte kräftig. Mit jedem Herzschlag hämmerte der Schmerz gegen seine Schläfen. Langsam beruhigte sich sein rasender Puls.

Derek stand noch in einiger Entfernung und riss an den Schultergurten seines Rucksacks, als würde er überlegen, ob er ein weiteres Mal auf Noah losgehen wollte. Er warf einen flüchtigen Blick zu dem Jungen neben Noah und kniff die Lippen zusammen.

Noah hätte schwören können, dass es niemand

an dieser Schule mit Derek aufnehmen konnte. Aber Dereks Blick sagte etwas anderes. Vor diesem Jungen hatte er Respekt. Er boxte einem seiner Kumpels gegen die Schulter und die Gruppe verschwand vom Schulgelände.

Noah atmete auf und wischte sich mit dem Ärmel die Reste von Dereks Spucke aus dem Gesicht. Dann drehte er sich zu dem Jungen um. Er überragte Noah um beinahe einen Kopf. »Danke«, murmelte Noah und griff nach seiner schmerzenden Schulter. Jetzt erst bemerkte er, dass die Naht seines Jackenärmels aufgerissen war.

»Selbstverständlich«, erwiderte der Junge und hielt ihm die Hand so hin, dass Noah einschlagen konnte. »Ich bin Georg.«

Georg der Große

»Du siehst ganz schön mitgenommen aus.« Georg schob sein Moped neben Noah her. »Sicher, dass du nicht lieber zu einem Arzt willst?«

Noah schüttelte heftig den Kopf und griff sich dann an den schmerzenden Nacken. »Ist schon okay. Du kannst auch echt fahren, musst nicht mit mir zu Fuß gehen.«

Georg grinste. »Wer sein Fahrzeug liebt, der schiebt.«

Noah erwiderte nichts darauf. Er warf nur einen kurzen Blick zu Georg hinüber. Der blonde Junge war in der Schule kaum zu übersehen und das nicht nur wegen seiner Größe. Georg hatte eine Ausstrahlung, die Noah so bei einem Mitschüler noch nicht wahrgenommen hatte: mutig, loyal und selbstbewusst. Aber nicht aufgesetzt, um dadurch Freunde zu gewinnen oder anderen Angst zu machen. Georg *spielte* nicht den Anführer, er *war* ein Anführer.

»Du wohnst in der alten Pfarrwohnung, richtig?«

»Ja.« Hier blieb nichts lange geheim. Er nickte und fragte sich zugleich, ob diese Kleinstadt im Norden von Sachsen-Anhalt wirklich der richtige Ort war, um sich vor organisierter Bandenkriminalität zu verstecken? Schließlich war sein Vater immer noch der Kriminalkommissar, der den Berliner Clanchef ins Gefängnis gebracht hatte. Und sie waren hier untergetaucht, um für die Zeit der Gerichtsverhandlung aus der Schusslinie zu sein. Im wahrsten Sinne des Wortes. Noah fröstelte, als er an den Drohbrief dachte, den er im Herbst vom Fußabtreter ihrer Berliner Wohnung aufgehoben hatte: an das Foto seines Vaters, wie er das Kripogebäude verließ. Und über sein Gesicht war das Fadenkreuz eines Gewehrs gezeichnet worden.

»Wie kommt's?«

»Hm?« Georgs Frage hatte Noah aus seinen Gedanken gerissen. »Wie kommt was?«

»Dass ihr hierhergezogen seid? Ich meine, es gibt echt schönere Wohnungen als die im alten Pfarrhaus.«

»Ach.« Noah winkte ab. »Das passt schon.«

Sie hatten den Hintereingang des Hauses erreicht und Noah wühlte in seinen Taschen nach dem Schlüssel, während Georg sein Moped abstellte. Er wollte wohl ganz sichergehen, dass Noah auch wirklich zu Hause ankam.

Noch bevor Noah die Tür aufschließen konnte, wurde sie von innen aufgerissen.

»Wie siehst du denn aus?« Ohne Begrüßung kam Dad heraus, er hatte nicht mal seine Pantoffeln gegen Straßenschuhe getauscht. »Was ist passiert?« Er packte ihn bei den Oberarmen, sodass Noah scharf die Luft einziehen musste, um nicht aufzuschreien.

So aufmerksam war sein Vater seit Wochen nicht mehr gewesen. Irritiert schüttelte Noah Dads Hände ab. »Nur eine kleine Auseinandersetzung.«

Dad und Georg zogen gleichzeitig die Stirn in Falten.

»Kleine Auseinandersetzung? Danach sieht das aber nicht aus.« Sein Vater deutete auf Noahs Schulter. Durch den aufgerissenen Ärmel konnte man die Blutergüsse an seinen Schultern sehen. Auf seiner dunklen Haut wirkten sie fast schwarz. »Das ist strafrechtlich relevant«, knurrte Dad und verschwand ohne ein weiteres Wort im Haus.

»Dad!« Noah wollte ihn aufhalten. »Es ist nichts weiter.«

Sein Vater würde die Schulleitung informieren und das konnte nur eins bedeuten: noch mehr Stress mit Derek.

»Sorry.« Noah hob hilflos die Hände.

»Wofür?« Fragend schaute Georg ihn an. »Er ist dein Vater. Was erwartest du?«

Noah biss sich auf die Unterlippe.

»Er klingt wie ein Cop.« Georg schmunzelte und schob Noah Richtung Tür.

In Noahs Kopf schrillten alle Alarmglocken. In einer Kleinstadt konnte man einfach nichts geheim halten. »Er ist …«, begann Noah hastig, stoppte dann aber. *Er ist kein Polizist*, wollte er sagen, aber das stimmte nicht.

Georg schaute ihn fragend an.

»… nur besorgt«, vollendete Noah den Satz.

»Wäre ich auch«, bekräftigte Georg. »Wie gesagt: Er ist schließlich dein Dad.«

★ ★ ★

Noah ließ das Buch sinken. Er hatte den Beginn des zweiten Kapitels schon zum dritten Mal gelesen, doch jedes Mal schweiften seine Gedanken ab. Am Ende der Seite konnte er nicht mehr sagen, was dort gestanden hatte.

Herr Koschewski hatte ihnen aufgegeben, in den Ferien die nächsten drei Kapitel zu lesen, aber Noah kam einfach nicht über das erste hinaus und heute war schon der zweite Ferientag. Er warf das Buch aufs Bett, verschränkte die Arme hinter dem Kopf und drehte sich mit dem Schreibtischstuhl auf der Stelle. In seinen letzten Winterferien war er mit seinem Freund Hannes auf der BMX-Strecke im Tegeler Forst gewesen, kurz bevor der

Sturm einen großen Stromausfall in der Stadt verursacht hatte. Seit seinem Umzug stand das BMX ungenutzt im Keller. Noah wusste nicht einmal, ob es hier überhaupt eine geeignete Strecke gab.

Ein Klopfen am Fenster riss ihn aus seinen Erinnerungen. Sein Herz begann zu rasen und Adrenalin schoss durch seine Adern. Noah ärgerte sich darüber, wie schreckhaft er seit letztem Herbst geworden war. Aber man konnte ja nie wissen ...

Er stoppte die Umdrehungen. Vor dem Fenster stand jemand, aber durch die halb heruntergelassene Jalousie konnte Noah nur einen Bauch in einer Lederjacke sehen. Er zog das Rollo hoch. Es dauerte einen Moment, bis Schultern, Arme und schließlich ein grinsendes Gesicht zum Vorschein kamen. Es war Georg. Er hob die Hände, in denen er zwei Motorradhelme hielt.

Noah beugte sich über den Schreibtisch und öffnete eine Seite der alten Flügelfenster.

»Moin!« Georg streckte ihm die Helme entgegen. »Hast du Bock auf eine Spritztour?«

»Warum klingelst du nicht?«, fragte Noah, ohne Georg eine Antwort zu geben.

Der zuckte nur mit den Schultern. »Zieh dir feste Schuhe und eine Jacke an, könnte bisschen frisch werden.«

Anscheinend hatte Noah gar keine andere Wahl, als Ja zu sagen. Er nickte bloß, schloss das Fenster und hielt fünf Finger hoch.

Dad war nicht zu Hause. Noah überlegte, ob er ihm eine Nachricht schicken sollte, entschied sich dann aber für einen Zettel auf dem Küchentisch – ganz oldschool.

Er schlüpfte in seine Winterschuhe, da fiel ihm ein, dass seine Jacke ja hinüber war. Er stöhnte genervt. Raus aus den Schuhen, zurück in sein Zimmer. Sweater und Regenjacke mussten reichen. Er hatte gerade die Schuhe geschnürt, da summte sein Handy. Es lag noch auf dem Schreibtisch. Für einen kurzen Moment überlegte er, ob der alte Teppichboden in der Wohnung einen Gang mit Winterschuhen verkraften würde. Aber es war ja nicht ihre Wohnung. Noah seufzte. Raus aus den Schuhen, zurück in sein Zimmer. Auf dem Display blinkte die Push-Benachrichtigung einer Sport-App. Nichts Wichtiges, aber immerhin hatte er dadurch gemerkt, dass er beinahe sein Handy vergessen hätte.

»Mann!«, rief er und schlug sich vor die Stirn, als er die Schuhe zum dritten Mal angezogen hatte und nach dem Haustürschlüssel tastete. Der war noch in seiner Jackentasche.

»Jetzt reicht's.« Kurzerhand griff Noah den Ersatzschlüssel von der Fensterbank. Für einen kurzen Moment betrachtete er das abgegriffene Holzkreuz, das ebenfalls am Schlüsselring baumelte, dann versenkte er ihn in seiner Hosentasche.

Georg lehnte lässig an seinem Moped und wartete. Es hatte eine schwarze Sitzbank aus Leder, auf der bequem zwei Leute Platz hatten. Der ovale Tank war leuchtend gelb lackiert und mit dem Schriftzug *Simson* versehen.

»Hi Georg!« Ein junger Mann in einem dunklen Wintermantel schlenderte vorbei.

Georg hob zwei Finger zum Gruß. »Hallo Roman.«

Wahrscheinlich kannte er die halbe Stadt.

»Stör ich dich bei etwas Wichtigem?«, wollte Georg wissen.

»Deutschhausaufgaben.« Noah winkte genervt ab. »Ich soll eine Zusammenfassung schreiben. Aber der Inhalt dieses blöden Buchs will einfach nicht in meinen Kopf.«

»Dann hilft es vielleicht, deinen Kopf auszulüften.« Georg reichte ihm einen der Helme.

»Wie alt bist du eigentlich?«, fragte Noah zögernd.

»Fünfzehn.« Georg stülpte sich seinen Helm über den Kopf. »Seit Dezember.« Seine Stimme klang dumpf unter dem Helm hervor. »Das Erste, was ich nach meinem Geburtstag gemacht hab, war der Moped-Führerschein.« Er trat kräftig auf den Kickstarter und der Motor sprang knatternd an. Eine Wolke blaugrauer Abgase hüllte Noah ein.

»Was ist?«, fragte Georg, der sich bereits auf den Sitz geschwungen hatte.

»Wo fahren wir hin?« Noah stand unschlüssig mit dem Helm in der Hand neben ihm. Eigentlich kannte er Georg gar nicht und nach der schmerzhaften Begegnung mit Derek hatte er wenig Lust auf weitere Zwischenfälle mit Leuten, die er nicht richtig einschätzen konnte.

»Zum Kaninchenstall.« Aufmunternd klopfte Georg auf die Sitzbank hinter sich.

Noah war nicht sicher, ob er ihn richtig verstanden hatte, aber er warf seine Bedenken über Bord, zog den Helm auf und schloss den Kinnriemen. Darunter roch es nach Kunststoff und Leder. Sie fuhren durch die Stadt. Auf dem Moped kam sie Noah noch viel kleiner vor – höchstens ein Zehntel von dem Berliner Stadtteil, in dem sie gewohnt hatten. In wenigen Minuten waren sie am anderen Ende angelangt. Das gelbe Ortsausgangsschild verkündete, dass es elf Kilometer bis zum Nachbarort Letzlingen waren. Das Moped knatterte über die Straße, die sich von mächtigen Bäumen gesäumt durch Felder und Wiesen schlängelte. Ein paar Kühe scharten sich vor einem niedrigen Stall um eine Heuraufe. Am Horizont konnte Noah einen Streifen Kiefernwald und jede Menge Windräder erkennen.

Georg bog in einen Feldweg aus Betonplatten ein, gleichmäßig rumpelte das Moped über die Fugen. In einiger Entfernung wurden Gebäude sichtbar. Ein mulmiges Gefühl kroch Noah den

Rücken herauf. Was, wenn Georg gar kein vertrauenswürdiger Typ war und am Ende des Weges Derek und seine Kumpels ihn erwarteten? Oder, schlimmer noch, die Entführer aus Berlin?

Das Moped verlangsamte seine Fahrt und rollte schließlich in Schrittgeschwindigkeit auf einen Hof. Ein großer schwarzer Hund sprang bellend auf sie zu, als Georg abstieg.

»Aus, Rufus!«, sagte er streng, als der Hund zum wiederholten Mal an ihm hochsprang und versuchte, Georg über das Visier des Motorradhelms zu lecken.

Rufus streckte seine Vorderbeine aus und wedelte aufgeregt mit dem Schwanz.

Noah streifte den Helm ab und sah sich um. Vielleicht waren seine Bedenken unbegründet gewesen. Das hier sah eher nach einem Landwirtschaftsbetrieb aus als nach einem fiesen Hinterhalt von Mitschülern.

»Wo sind wir? Und was meinst du eigentlich mit *Kaninchenstall*? Ist das hier ein Kleintierzüchterverein oder so was?«, fragte Noah, während Rufus winselnd um Georgs Beine strich.

»Nein.« Georg bockte lachend das Moped auf und nahm Noah den Helm ab. »Tut mir wirklich leid, Mann! Ich wollte dir eigentlich eine Nachricht schreiben, aber wir hatten gar keine Nummern ausgetauscht. Also dachte ich mir, ich hol dich einfach ab.« Er grinste.

Noah erwiderte das Lächeln. Das war zwar keine Antwort auf seine Frage, aber Georg war anscheinend manchmal ähnlich verpeilt wie er selbst. Das machte ihn sympathisch.

»Das ist der Kaninchenstall.« Georg deutete zu einer Tür am hinteren Ende der Scheune. Mit der anderen Hand wühlte er in seiner Jackentasche, bis er ein gelbes Plastiktütchen herauszog. Triumphierend hielt er es in die Höhe. »Da hast du aber Glück, Rufus.«

Ein freudiges Bellen war die Antwort.

»Das ist der Hof von meiner Schwester«, erklärte Georg und setzte sich in Bewegung. Rufus klebte an seinen Fersen und verschlang Leckerlis. »Sie hat ihn von meinen Großeltern übernommen. Mein Opa hatte immer Kaninchen, dort in der Scheune, aber die hat sie abgeschafft. Es hat einiges an Überredungskünsten gebraucht, bis sie uns den Raum überlassen hat.«

»Uns?«

»Meinen Freunden und mir.« Er knisterte mit der leeren Tüte vor Rufus' Nase. »Leider nix mehr da.«

Noah blieb stehen. Mit was für Leuten hing einer wie Georg wohl ab? Hatte Derek Respekt vor ihm, weil er einfach eine Bande von anderen, älteren Schlägertypen anführte?

Die Tür zum Kaninchenstall schwang auf und ein Junge mit einem ähnlich dunklen Lockenkopf wie Noahs erschien. Er hob eine Hand zum Gruß, die andere hielt er eingeknickt vor dem Bauch. Er humpelte über die Schwelle. »Ihr seid zu spät«, bemerkte er und seine Augen blitzten verschmitzt.

»Na und?« Georg zuckte gelassen mit den Schultern. »Ist Henri schon da?«

»Kommt heute nicht.« Der Junge ließ die Tür aufschwingen.

»Und Jules?« Georg trat ein und Noah folgte ihm zögernd.

»Hallo? Ich bin da, das wird doch wohl reichen!«, rief der Junge mit gespieltem Entrüsten.

»Solange Jules nicht da ist, sind wir nicht zu spät«, gab Georg keck zurück. »Darf ich vorstellen: Noah, Konstantin. Konstantin, Noah.« Er deutete vom einen zum anderen.

»Konsti reicht.« Der Junge streckte Noah die linke Hand hin.

»Hi.« Erst wollte Noah ihm die rechte Hand geben, aber das fühlte sich irgendwie falsch an. Er gab ihm auch die linke.

Georg ließ sich auf eins der Sofas fallen, die im Halbkreis um einen niedrigen Tisch angeordnet waren. Sonst gab es nicht viel im *Kaninchenstall*. Das Milchglasfenster in der Tür spendete etwas Tageslicht, an der Decke summte eine Neonröhre. In einer Ecke stand eine alte Elektroheizung mit Rollen, in einer anderen lagen eine Gitarre und ein Stapel zerfledderter Liederbücher.

»Falls du auf Toilette musst«, Georg deutete zur Tür, »einmal über den Hof, zum Haupteingang rein und erste Tür links. Schuhe kannst du anlassen.«

Noah nickte und ließ sich auf die Kante des Sofas sinken.

»Ich hab noch was eingekauft.« Mit seiner ge-
lähmten Hand hielt Konsti den Rucksack auf, mit
der anderen kramte er allerlei Snacks und Süßig-
keiten heraus.

»Du bist der Beste!«, erwiderte Georg und riss
eine Tüte Chips auf.

Noah starrte seine Winterschuhe an. Er hatte
vieles erwartet, als Georg ihn überraschend ab-
geholt hatte, aber irgendwie kein »Wir-chillen-
auf-alten-Sofas-in-einem-Bauernhof-Kabuff«. Da
musste noch irgendwas kommen, oder? Vier Mo-
nate Mobbing hatten ihn misstrauisch gemacht.

Konsti hingegen schien überhaupt nicht misstrauisch zu sein. »Voll cool, dass du da bist!« Er fuchtelte
mit einem Schokoriegel in Noahs Richtung. »Hast
du dich schon eingelebt in der Altmark? Man sagt
ja, es braucht fünfzehn Jahre, bis man einen Altmärker zum Freund hat, aber dann wird man ihn nicht
mehr los.« Er lachte über seinen eigenen Spruch.
»Ich nehme mal an, für dich haben die Altmärker
da bisher keine Ausnahme gemacht. Freunde finden kann hier echt hart sein. Aber dafür sind wir ja
jetzt da.«

»Und ihr seid keine Altmärker, oder wie?« Fragend schaute Noah zwischen den beiden hin und her.

»Doch!« Konsti biss von seinem Schokoriegel ab. »Aber wir sind anders.«

»Boah, Konsti, du redest dich um Kopf und Kragen.« Georg hielt die Hand auf, um auch einen der Schokoriegel zu bekommen. »Was Konsti sagen will –«

»Was ich sagen will«, unterbrach Konsti ihn, »bei uns ist jeder willkommen!« Dann kniff er die Augen zusammen. »Außer fiese, uneinsichtige Mobber.« Er hielt seine gelähmte Hand hoch. »Glaub mir, Mann, ich weiß, wie das ist.«

»Was ... hast du denn?«, fragte Noah vorsichtig. Er war sich nicht sicher, ob man so was einen Menschen mit Behinderung einfach fragen konnte.

»Spastik nach Zerebralparese«, antwortete Konsti gelassen.

In Noahs Ohren klang die Diagnose wie ein fremdsprachiger Zungenbrecher.

»Ich hab das, weil es bei meiner Geburt Schwierigkeiten gab. Mein Gehirn ist etwas zu lange nicht mit Sauerstoff versorgt worden.«

»Aber auch nur der Teil, der deine Bewegung steuert«, warf Georg ein. »Die anderen Teile arbeiten ausgezeichnet.«

»Weiß ich doch.« Konsti grinste.

»Manchmal zu gut.« Mit gespielter Empörung verdrehte Georg die Augen.

»Und woher kennt ihr euch?« Jetzt streckte auch Noah die Hand nach den Schokoriegeln aus und Konsti warf ihm einen zu.

»Wir kennen uns irgendwie schon immer.« Georg zuckte mit den Schultern. »Wir haben zusammen im Sandkasten gespielt, sind zusammen auf Zeltlager gefahren ...«

»Georg der Große und Konsti die Labertasche, so wurden wir immer genannt«, warf Konsti ein.

Georg winkte schmunzelnd ab. »Wir wurden zusammen konfirmiert und gehen jetzt zusammen in die Jugendgruppe der Kirchgemeinde.«

»Wie gesagt: Wenn du einen Altmärker erst mal zum Freund hast, wirst du ihn nicht mehr los.« Konsti zwinkerte Noah zu.

»Willst du was trinken?« Georg zog eine Flasche Limonade hinter dem Sofa hervor und hielt sie fragend in die Höhe.

Noah nickte nur.

»Ich auch«, meinte Konsti und ließ sich zwischen den beiden in die Polster fallen.

Georg hatte gerade drei Becher eingeschenkt, da flog plötzlich die Tür auf. Noah fuhr zusammen.

Ein Mädchen stürmte mit hochrotem Kopf herein und warf hinter sich mit Schwung die Tür ins Schloss. Ohne Begrüßung rauschte sie an ihnen vorbei und pfefferte ihren Rucksack in die Ecke. Um ein Haar hätte sie die Becher vom Tisch gefegt.

»Woah, Jules!«, rief Georg empört und streckte die offene Limoflasche von sich.

Sie reagierte nicht, streifte nur ihre Schuhe ab, angelte sich ein Kissen und hockte sich mit angezogenen Beinen in eine Sofaecke. Ihr Gesicht verschwand bis zur Nasenspitze hinter dem Kissen. Trotzdem erkannte Noah sie: Es war das Mädchen aus dem weißen VW-Bus, die mit ihrem Vater und der Säge in die Kirche gegangen war.

»Alles in Ordnung?«, fragte Georg und goss ungefragt Limonade in einen vierten Becher.

»Nein!«, fauchte sie und wischte sich eine Träne aus dem Augenwinkel.

»Was ist passiert?« Georg schob den Becher in ihre Richtung.

»Mein Vater ist entlassen worden.«

»Zu krass!«, entfuhr es Konsti. »Was hat er gemacht? Vergessen, frische Blumen auf den Altar zu stellen?«

»Das ist nicht witzig!«, rief sie wütend und schleuderte das Kissen in Konstis Richtung.

»Nein, ist es nicht«, bekräftigte Georg.

»'tschuldigung«, murmelte Konsti. »War nicht so gemeint.«

»Willst du drüber reden?« Georg beugte sich vor.

Jules warf einen unsicheren Blick in Noahs Richtung und holte dann Luft. Ihr Atem flatterte ein wenig, als müsste sie ein Schluchzen unterdrücken. »Ihr kennt doch die Kammer in der alten Holzvertäfelung?« Eindringlich schaute sie zwischen Georg und Konsti hin und her.

»Die, wo der Kirchenschatz ...?«, begann Konsti.

»Ja!« Jules unterbrach ihn mit einer harschen Handbewegung. Dann senkte sie die Stimme: »Er ist weg.«

»*Was?*«, riefen Georg und Konsti gleichzeitig.

»Der ganze Schatz?«, schob Georg flüsternd nach.

»Nicht ganz.« Heftig schüttelte sie den Kopf. »Es fehlt ein alter Abendmahlskelch aus fünfzehnhundert-irgendwas. Und noch was anderes.« Sie zuckte mit den Schultern.

Noah verstand nicht ganz, wovon Jules redete, aber er kapierte, dass die Sache wohl ziemlich ernst war.

»Und jetzt haben sie deinen Vater entlassen, weil er nicht drauf aufgepasst hat, oder was?« Fragend zog Konsti die Augenbrauen hoch.

»Nein.« Jules kniff die Augen zusammen. »Ohne Mist: Sie denken, er hätte ihn geklaut!«

★ ★ ★

Das beinahe frühlingshafte Wetter war ein heftiger Kontrast zur beißenden Kälte, die ihnen aus dem Inneren der Kirche entgegenschlug. Selbst auf dem Moped war es wärmer gewesen. Fröstelnd zog Noah sich die Regenjacke enger um die Schultern. Konsti und Jules waren netterweise von Georgs Schwester zur Kirche gebracht worden, denn sie hätten schlecht zu viert auf den Roller gepasst.

Was für ein Glücksfall, dass er gerade heute den Ersatzschlüssel mitgenommen hatte, denn dadurch hatte Noah – ohne es zu wissen – auch einen Schlüssel für die Kirche dabei. Das hatte Jules festgestellt, als sie den Kreuzanhänger an seinem Schlüsselbund entdeckte.

Georg zog hinter ihnen die Tür des Seiteneingangs zu und verschloss sie von innen. »Muss ja keiner wissen, dass wir hier sind«, brummte er.

Noahs Augen brauchten einen Moment, bis sie sich an das Dämmerlicht gewöhnt hatten. Vorsichtig folgte er den Stimmen der anderen. Der Steinboden unter seinen Füßen war abgetreten und uneben. Auf mächtigen Säulen ruhten die steinernen Bögen der Kirchendecke. Ehrfurchtsvoll atmete Noah ein und aus. Vor seinem Gesicht bildete seine Atemluft weiße Wölkchen.

Auf der einen Seite des Kirchenschiffs, in dem sich Holzbank an Holzbank reihte, rüttelte Jules an einer unscheinbaren, niedrigen Tür.

»Natürlich abgeschlossen!«, schimpfte sie.

»Was ist dahinter?«, wollte Noah wissen. Er sprach nur halblaut, denn seine Stimme hallte von den hohen Wänden wider.

Jules ließ die Klinke der Holztür los.

»Die Sakristei«, antwortete Georg. »Das ist so was wie der Backstage-Bereich der Kirche.«

Konsti kicherte.

»Und da drin ist der Kirchenschatz?«, hakte Noah nach. So ganz hatte er den Zusammenhang von Jules' Erzählungen noch nicht verstanden.

»Das wisst ihr nicht von mir!«, zischte Jules.

Konsti hob einen Zeigefinger. »Unwissenheit ist der beste Schutz.«

Noah schüttelte verständnislos den Kopf. »Also, noch mal für ganz Dumme wie mich ...«

»Na, na!« Warnend deutete Georg in seine Richtung. »Sagen wir, für *Zugezogene* wie dich.« Er

zwinkerte. »Das alles klingt gerade viel kompli-
zierter, als es ist.«

Dank Georgs Erklärung wusste Noah bald, was
Sache war. Jules' Vater Thees war Küster der Stadtkirche, sozusagen der Hausmeister. Das erklärte
auch, warum der weiße Kleinbus jeden Tag vor der
Kirche stand. Thees kümmerte sich um Reparatu-
ren, bereitete Veranstaltungen vor und machte auch
mal Führungen durch das alte Gemäuer. Kurzum:
Er kannte die Kirche in- und auswendig. Und er
hatte als einer der wenigen Zugang zu jedem Raum
und jedem noch so geheimen Versteck. Wenn dann
etwas so Wertvolles wie der fünfhundert Jahre alte
Abendmahlskelch verschwand, geriet er natürlich
unter Verdacht. Zumindest für den ehrenamtlichen
Leiter der Kirchengemeinde. Der hatte nämlich
als Erster den Diebstahl bemerkt und sofort Thees
beschuldigt. Vielleicht ja auch, weil die beiden zu-
letzt darüber gestritten hatten, ob es nötig sei, viele
Tausend Euro für die Erneuerung der Orgel auszu-
geben. Wenn es nach Thees ging, könnte das Geld
auch für sinnvollere Zwecke ausgegeben werden.

Nach einigem vorsichtigen Nachfragen von Georg

hatte Jules außerdem erzählt, dass ihr Vater noch nicht richtig entlassen worden war, sondern nur für zwei Wochen vom Dienst freigestellt. Man hatte ihm sozusagen Urlaub verordnet.

In Noahs Kopf sprang das Gedankenkarussell an. Manchmal war es auch ganz hilfreich, einen Kriminalkommissar zum Vater zu haben. »Musste dein Dad seine Schlüssel abgeben?«, fragte er.

Jules nickte. »Ja. So lange, bis die internen Ermittlungen abgeschlossen sind. Habt ihr nicht den Post in der WhatsApp-Ortsgruppe gesehen?« Sie drehte ihr Handy so, dass die anderen das Display sehen konnten. *Kunstraub*, stand da in großen Buchstaben auf einem Foto der Kirche. *Aus der Sakristei wurde ein wertvoller Abendmahlskelch entwendet. Hinweise, die zur Überführung des Diebes führen, werden belohnt. Bei Rückgabe des Kelchs bis Ende des Monats sehen wir von einer Strafanzeige ab.*

Konsti pfiff durch die Zähne. »Und das soll funktionieren? Ich finde, so was sollte man der Polizei überlassen.«

»Bloß nicht! Die stecken meinen Vater direkt ins Gefängnis. Da würde die ganze Stadt drüber reden!«

»Ach Quatsch.« Noah winkte ab. »So schnell wird niemand eingesperrt. Ohne Beweise dürfen sie niemanden länger als einen Tag festhalten und ...« Er brach ab, als er Georgs fragenden Blick sah. Wenn er nicht aufpasste, verriet er Dads Geheimnis und das könnte böse ausgehen.

Konsti ließ den Blick durch die Kirche schweifen. »Wer hat denn noch einen Schlüssel zur Sakristei?«

»Boah, keine Ahnung.« Jules warf die Arme in die Höhe. »Wahrscheinlich der Pfarrer.«

»Und sonst?«, bohrte Konsti weiter.

Sie überlegte. »Die Frau vom Reinigungsdienst möglicherweise.«

»Ernsthaft?« Konsti schien mit der Antwort unzufrieden zu sein. »Das kann ich mir nicht vorstellen. So ein Schlüssel wird wahrscheinlich gehütet wie der Schatz selbst.« Er humpelte die drei Stufen hinauf, die in den vorderen Bereich der Kirche führten. An einer Seite stand noch eine riesengroße Nordmanntanne, allerdings waren Lichter und Schmuck bereits entfernt.

Konsti drehte sich einmal um die eigene Achse.

»Stimmt es eigentlich, dass es irgendwo in der Kirche ein Geheimversteck für den Sakristeischlüssel gibt?«

Jules riss die Augen auf. »Wie kommst du denn darauf?«

Konsti zuckte mit den Schultern. »Hab ich mal aufgeschnappt. Vielleicht ist es ja nur ein Gerücht.«

Er deutete auf die Wand über der Tür und Noah folgte seinem Blick. Dort hing ein unscheinbares weißes Kästchen.

»Ist die Brandmeldeanlage mit der Feuerwehr verbunden?«, wollte Konsti wissen.

»Kann sein.« Jules nickte langsam.

»Wirklich?« In Noah erwachte der Detektiv. »Das heißt, sie haben einen Schlüssel, um im Notfall in die Kirche zu gelangen?«

Jules kaute auf ihrer Unterlippe. »Ich weiß nicht genau, wer alles einen Schlüssel hat.«

»Letztendlich heißt es, nur jemand mit Schlüssel kann den Schatz gestohlen haben!«, stellte Konsti triumphierend fest, was sowieso alle schon wussten. »Oder wer dieses Geheimversteck kennt«, murmelte er dann und schielte zu Noah hinüber. Er hob zwei Finger und malte Gänsefüßchen in die Luft. »Gerücht.«

Jules' Gesichtsausdruck verfinsterte sich. »Aber dann denken ja immer noch alle, dass es Papa war.«

»Nicht unbedingt«, antwortete Georg. »Das heißt eher, dass es noch andere gewesen sein können.«

»Und wer?«, schimpfte Jules vor sich hin. »Der Pfarrer, oder was?«

»Der ist im Urlaub«, warf Konsti ein.

»Siehst du?« An ihrer Stimme konnte man hören, dass sie immer verzweifelter wurde. »Am Ende wird die Polizei doch kommen und ihn verhaften.«

»Dann müssen wir eben herausfinden, wer *wirklich* der Dieb ist!«, verkündete Konsti laut.

Georg zog die Augenbrauen hoch. »Und wie willst du das anstellen?«

»Ganz einfach: Wir brauchen einen Schlüssel zur Sakristei. Ich würde mich da drin gern mal umsehen. Vielleicht hat der Dieb ja irgendwelche Spuren hinterlassen. Und möglicherweise taucht er noch mal auf, um weitere Teile zu stehlen. Dann erwischen wir in auf frischer Tat!«

»Und wenn nicht?« Wütend funkelte Jules Konsti an. »Ist Papa dann doch der Dieb, oder was?«

Noah hielt sich zurück. Er hätte gern gewusst, was Jules und ihr Vater eigentlich mit der Säge in der Kirche gemacht hatten, aber diese Frage erschien ihm gerade sehr unpassend.

»Also, was machen wir jetzt?« Georg schaute in die Runde und beantwortete dann seine Frage selbst: »Ich würde vorschlagen, wir organisieren uns wirklich einen Schlüssel für die Sakristei und schauen mal, ob uns da drinnen was Verdächtiges auffällt.«

»Und wie willst du das anstellen?« Jules' Laune besserte sich nicht wirklich. »Wenn bloß Henri diese Woche da wäre ...«

»Na ja«, Georg kratzte sich hinterm Ohr. »Wohin haben sie denn den Schlüssel von deinem Vater gebracht? Ins Büro vom Pfarrer wahrscheinlich, oder?«

Jules zuckte mit den Schultern. »Wahrscheinlich schon. Er wird irgendwo im Pfarrhaus sein. Henri würde ihn wahrscheinlich sofort finden. Natürlich sind die besten Freunde immer genau dann unterwegs, wenn man sie mal braucht ...«

»Dann müssen wir eben ohne Henri klarkommen«, beendete Georg Jules' Jammern. »Wir haben ja auch noch eine andere Möglichkeit, unbemerkt ins Pfarrhaus zu kommen.«

Drei Augenpaare richteten sich auf Noah.

Er brauchte einen Moment, bis er verstand. Protestierend hob er die Hände. »Ich stehle ganz sicher keinen Schlüssel!«

»Na ja, streng genommen wäre das kein Diebstahl, denn wir bringen ihn ja zurück«, erwiderte Konsti.

»Du meinst, *ich* bringe ihn zurück, nicht wahr?« Sosehr Noah die drei in den letzten Stunden schätzen gelernt hatte, so wenig wollte er sich für sie in Schwierigkeiten begeben.

Georg schien Noahs Zögern zu verstehen. Er legte ihm die Hand auf die Schulter. »Hey, du musst das nicht machen. War nur eine Idee. Wir werden auch anders an den Schlüssel kommen.«

Noah wand sich innerlich. Er wollte helfen, aber keinen Stress mit Dad riskieren. Ihre Situation war momentan schon angespannt genug.

Er seufzte. »Also, sagen wir mal so: Ich könnte euch ja demnächst mal auf eine Limo ins Pfarrhaus einladen …«

Anno 1672

Der Rest der Ferienwoche verlief ziemlich ereignislos. Obwohl es Georg, Jules und Konsti anfangs nicht schnell genug gehen konnte, das Rätsel um den Dieb zu lösen, passierte in den nächsten Tagen gar nichts. Dabei wäre Noah der Sache um den verschwundenen Schatz gern weiter auf den Grund gegangen. Zu viele Fragen waren noch ungeklärt: Warum hätte Jules' Vater für einen alten Abendmahlskelch seinen Job riskieren sollen? Wer wusste vom angeblichen Geheimversteck für den Schlüssel? Warum hatte der Dieb nicht von Anfang an den ganzen Schatz geklaut? Der Detektiv in ihm hatte große Lust zu ermitteln. Und gleichzeitig meldete sich immer wieder ein

Gefühl, das er so von sich gar nicht kannte: Argwohn. So gern er Zeit mit Georg, Konsti und Jules verbringen wollte, so unsicher war er auch. Konnte er den dreien wirklich vertrauen oder war er für sie am Ende nur Mittel zum Zweck?

Georg fuhr mit seiner Schwester auf eine Demonstration von Landwirten nach Berlin. Für einen Moment lang hatte Noah überlegt, sie zu begleiten, die Idee dann aber wieder verworfen. Viel zu gefährlich! Und sechs Stunden – nur für die lange Hinfahrt! – wollte er auch nicht im Traktor sitzen.

Jules verbrachte den zweiten Teil der Ferienwoche bei ihren Großeltern im Harz.

Noah blieb nichts anderes übrig, als sich weiter durch die drei Kapitel zu quälen, die Herr Koschewski ihnen zu lesen aufgegeben hatte. Aber sosehr er sich auch bemühte, der Inhalt des Buches wollte einfach nicht in seinem Kopf hängen bleiben. Je näher der erste Schultag nach den Ferien rückte, desto mulmiger wurde ihm. Nicht nur aufgrund der Hausaufgaben für den Deutschunterricht.

Am Sonntag lachte die Sonne von einem strahlend blauen Himmel und Noah ließ sich von Dad zu einer Fahrradtour überreden. Sie beobachteten Schwärme von Kranichen, die über den Himmel Richtung Norden zogen, und aßen das erste Eis des Jahres. Die gemeinsame Zeit hätte so schön sein können, wäre nicht die ganze Zeit der Schulstart wie eine dunkle Wolke durch Noahs Gedanken gewabert. Dad hatte kein Wort mehr über die Auseinandersetzung auf dem Schulhof verloren, nachdem Noah ihn inständig gebeten hatte, nicht bei der Schulleitung anzurufen. Vielleicht hatten die Ferien ja Dereks Gemüt beruhigt. Darauf hoffte Noah. Und auf Georgs Unterstützung, zwar nicht im Unterricht, aber zumindest auf dem Schulhof.

Je weiter die Sonne sich zum Horizont hinuntersenkte, desto größer wurde sein mulmiges Gefühl.

»Sollen wir Pizza bestellen?«, fragte Dad, als sie die Fahrräder in den Schuppen schoben.

Das hatten sie schon ewig nicht mehr gemacht! Aber die Gedanken an morgen saßen wie ein dicker Knoten in Noahs Bauch.

»Ich hab keinen Hunger«, antwortete er bloß und hastete ins Freie. Tief sog er die frühlingshafte Luft ein, um sein hämmerndes Herz zu beruhigen.

»Da bist du ja endlich!«

Eine Stimme hinter der Hausecke ließ Noah entsetzt zusammenfahren. Es war Konsti. Prustend atmete Noah aus.

»Wir warten schon eine halbe Ewigkeit!« Übertrieben genervt gestikulierte Konsti mit seinem linken Arm in der Luft herum.

»Wer *wir*?« Suchend schaute Noah sich um.

»Jules und Georg sind noch mal zur Tankstelle gefahren, Limonade kaufen. Falls du keine hast«, witzelte Konsti.

Hinter Noah verschloss Dad den Fahrradschuppen.

»Warum habt ihr nicht geschrieben?«, zischte Noah.

»Haben wir doch! Du hast es bloß nicht gelesen.« Er streckte Noahs Dad die linke Hand hin. »Hallo. Ich bin Konsti. Noah hat uns eingeladen.«

Für einen winzigen Augenblick zog Noahs Vater die Stirn in Falten, seine Mundwinkel zuckten.

Dann schüttelte er Konstis Hand. »Uns?«, fragte er und schaute suchend um sich. »Davon hat Noah gar nichts erzählt.«

»Ich hab es vercheckt«, antwortete Noah hastig. »Die anderen sind noch mal los.«

»Kein Problem.« Dad schloss die Haustür auf. »Wir wollten sowieso gerade Pizza bestellen.«

»Aber ...«, protestierte Noah, doch Konsti war schneller.

»Super Idee. Dann bestellen wir gleich zwei mehr.«

»Zwei?«, entfuhr es Noah.

»Hab nur zwanzig Euro dabei«, raunte Konsti. »Georg und Jules können sich eine teilen.« Er grinste schelmisch.

Noah biss sich auf die Zunge. Er wollte Dad auf keinen Fall in die ganze Sache mit reinziehen. Außerdem musste er unbedingt noch den Text für Herrn Koschewski schreiben. Er konnte unmöglich morgen ohne die Hausaufgaben im Deutschunterricht auftauchen!

»Konsti, ich ...«, begann er, doch der Junge war schon mit seinem Dad im Haus verschwunden.

»Noah war nämlich so nett, uns bei einer Sache

zu helfen«, plapperte er munter im Flur. »Und im Gegenzug machen wir dann zusammen ...« Der Rest des Satzes verhallte im Inneren des Hauses.

Unwillig schlurfte Noah den beiden nach. Der verschwundene Schatz hatte für ihn gerade nicht die oberste Priorität, aber das konnte er Konsti nicht einfach so sagen. Das Wichtigste war jetzt für ihn, Dads Geheimnis zu bewahren. Und natürlich, die Deutschhausaufgaben fertigzustellen. Das Rätsel um den Dieb hatte heute einfach keinen Platz in Noahs Kopf.

»Willst du Salamipizza?«, rief Dad aus der Küche.

»Ja«, brummte Noah und schnürte seine Schuhe auf.

»Noah?« Sein Vater schien ihn nicht gehört zu haben.

»Jaha!«, antwortete er. Betont langsam schälte er sich aus seiner Jacke. In seinem Kopf fielen die Gedanken übereinander. Warum tauchte Konsti denn ausgerechnet jetzt auf, nachdem er sich die ganze Woche nicht mehr gemeldet hatte?

Draußen knatterte ein Moped an der Kirche vorbei, kaum eine Minute später standen Georg und Jules vor der angelehnten Haustür.

»Na?«, begrüßte Georg in freundschaftlich.

Noah antwortete nicht.

»Es gibt gleich Pizza!«, rief Konsti aus der Küche.

»Großartig!« Georg und Jules wollten sich zu ihm gesellen, doch Noah hielt sie auf.

»Hey«, flüsterte er, »ist ja nett, dass ihr vorbeischaut, aber mein Dad ...«

Georg schob ihn beiseite. »Das kriegen wir schon hin. Vertrau mir.«

Das war leicht gesagt. Noah presste seine Fingernägel in die Handfläche und schaute den beiden nach, wie sie in der Küche verschwanden und Dad begrüßten. Falls sein Vater die Situation irgendwie komisch vorkam, ließ er sich zumindest nichts anmerken.

Als Noah schließlich auch in die Küche ging, schenkte Georg gerade Limonade aus. Dad saß eingerahmt von Konsti und Jules auf der Eckbank. Als er Noah sah, zog er seinen Geldbeutel aus der Tasche und schob ihn über den Tisch. »Du kannst gleich die Pizza bezahlen.«

»Ich kann das auch machen«, bot Georg an und wollte nach dem Portemonnaie greifen, doch Noah riss es an sich.

»Nein, nein. Ich stehe doch sowieso gerade.« Er vertraute Georg schon und war sich auch sicher, dass der nicht einfach mit dem Geldbeutel abhauen würde. Aber Noah wusste, dass da drin noch Dads Ausweis von der Kripo steckte, und den sollte Georg auf keinen Fall sehen.

»Setz dich doch zu uns!« Aufmunternd klopfte Georg gegen die Lehne des freien Stuhles.

»Ja, gleich.« Noah winkte ab. Er lehnte sich gegen die Spüle und beobachtete seinen Dad und die drei anderen. Georg erzählte gerade von der Demo in Berlin, aber Noahs Gedanken schweiften immer wieder ab. Das schummerige Licht der alten Glaslampe erinnerte ihn an die großen Bleiglasfenster im Treppenhaus vor ihrer alten Wohnung in der Hauptstadt. An dunklen Wintermorgen malte das Licht der Straßenlaterne bunte Muster auf den Holzfußboden. Er vermisste alles an seinem alten Leben. Seine Freunde, seine Schule, sein Zimmer ...

Es klopfte kräftig an der Tür.

»Das muss der Pizzabote sein.« Noah wirbelte herum und war froh, die Situation für einen Moment hinter sich lassen zu können.

Tatsächlich stand vor der Tür ein junger Mann mit roter Schirmmütze und vier Pizzakartons. »Macht sechsundvierzig Euro fünfzig«, nuschelte er und drückte Noah die warmen Pappschachteln in die Hand.

Noah nickte. »Moment!« Er brachte die Pizzen in die Küche. »Soll ich Trinkgeld geben?«, fragte er leise.

Dad nickte. »Gib ihm fünfzig.«

Als Noah zurück in den Flur kam, meinte er für einen kurzen Moment, einen Schatten die Treppe hinaufhuschen zu sehen. Irritiert blinzelte er in die Dunkelheit. Vielleicht die streunende Katze, die hier öfters herumstromerte?

Der Pizzabote stand noch an der Tür und wartete auf seine Bezahlung. Noah drückte ihm den Geldschein in die Hand. Der junge Mann tippte dankend gegen seine Mütze und verabschiedete sich.

Über ihm knarrte eine Holzbohle. Angestrengt starrte Noah ins finstere Treppenhaus. Sollte er nachsehen gehen? Er war schon mit einem Fuß im Flur, da wurde er aufgehalten.

»Kommst du?« Georg stand hinter ihm und deutete in die Küche. »Wir möchten zusammen anfangen.«

Eigentlich hatte Noah ja keinen Hunger und diesen seltsamen Geräuschen wäre er gern auf den Grund gegangen, aber er wollte die anderen auch nicht mit Dad allein lassen. Widerwillig schloss er die Wohnungstür und folgte Georg. In der Küche saßen alle vor ihren geöffneten Pizzakartons, aber keiner hatte begonnen zu essen.

Noah ließ sich auf den letzten freien Stuhl fallen. Kaum saß er, stützte Georg die Ellenbogen auf den Tisch und faltete die Hände. »Ich bete noch kurz«, verkündete er und sprach direkt weiter: »Danke, Gott, für die schöne Ferienwoche, das sonnige Wetter und die Pizza. Danke für unsere Freundschaft und bitte begleite und bewahre uns morgen durch den neuen Schultag.«

Noah schluckte. Bewahrung konnte er sicher

gut gebrauchen. Schweigend schob er sich ein Stück Pizza in den Mund, während Georg und Konsti Dad in ein Gespräch verwickelten. Es ging um Windkraftanlagen und Kiefernwälder – zwei Dinge, die die Landschaft in dieser Region maßgeblich prägten. Noah hörte nicht richtig hin. Er konzentrierte sich aufs Kauen und Schlucken, obwohl ihm der morgige Tag bereits quer im Magen lag. In den Pausen konnte er vielleicht auf Georgs Unterstützung hoffen – er hatte Derek ja schon einmal in die Schranken gewiesen. Aber in seiner Klasse war er auf sich gestellt. Noah griff nach einem weiteren Stück Pizza. Es half nichts, er wollte verhindern, dass irgendjemand fragte, warum er nichts aß.

»Sie kommen aus Berlin, nicht wahr?«, stieß Konsti zwischen zwei Bissen hervor. »Wissen Sie eigentlich, dass Sie aus der größten Stadt in die drittgrößte Stadt Deutschlandes gezogen sind?«

Jules rollte mit den Augen. »Nicht schon wieder, Konsti.«

Georg zuckte nur mit den Schultern. »Wo er recht hat ...«

Er hatte sich eine Pizza mit Jules geteilt und ihr Karton war inzwischen leer.

»Wollt ihr noch von meiner?« Noah schob ihnen die andere Hälfte seiner Pizza zu.

»Ich nehm auch noch ein Stück«, verkündete Konsti und langte in die Schachtel, bevor Georg und Jules zugreifen konnten.

»Glauben Sie mir das mit der drittgrößten Stadt?«, fragte Konsti mit vollem Mund.

Dad lachte. »So, wie du es erzählst, wird es sicher stimmen. Vorstellen kann ich es mir allerdings nicht.«

Je länger sie zusammensaßen, desto verwirrter wurde Noah. Keiner der drei machte irgendwelche Anstalten, sich zu verdrücken, um nach dem Schlüssel zu suchen. Georg schaute hin und wieder auf sein Handy. Irgendwann, die vier Pizzen waren inzwischen restlos verputzt, stand er auf.

»Ich denke, wir machen uns jetzt mal auf den Heimweg. Morgen müssen wir ja wieder früh raus.«

Noah warf erschrocken einen Blick auf die Digitaluhr am Herd. Schon kurz nach neun! Jetzt würde er die Zusammenfassung ganz sicher nicht mehr schreiben können. Was sollte er bloß Herrn Koschewski sagen?

Die drei verabschiedeten sich und bedankten sich bei Dad überschwänglich für die Pizza. Beim Hinausgehen zwinkerte Georg Noah zu. *Vertrau mir*, schien dieses Zwinkern zu sagen.

Noah schluckte mühsam, als er hinter ihnen die Tür schloss. War er gerade einem richtig fiesen Scherz von Mitschülern zum Opfer gefallen, die ihm eine Freundschaft vorgaukelten?

Irgendwie war es ja auch schön, dass die drei ihn wie selbstverständlich in ihre Clique aufgenommen hatten. Zumindest hatte es den Anschein. Und trotzdem zweifelte Noah immer noch. Was, wenn die ganze Sache einen Haken hatte?

★ ★ ★

Die Minuten krochen dahin. Fast war die Deutschstunde vorüber und sie hatten bereits das erste Kapitel der Lektüre besprochen, aber Herr Koschewski hatte noch nicht nach der Zusammenfassung gefragt.

Derek hatte seinen Kugelschreiber auseinandergenommen und verschoss mithilfe der leeren Hülse Papierkügelchen. Immer wieder mal traf Noah eins davon am Rücken, aber er reagierte nicht darauf.

Noch fünf Minuten.

Sein Deutschlehrer schien den gleichen Gedanken gehabt zu haben. Sein bohrender Blick traf Noah. »So, jetzt kommen wir noch zu den Hausaufgaben.« Er deutete wahllos in die Klasse. »Ihr habt ja sicherlich alle die drei Kapitel gelesen, nicht wahr?«

Genervtes Gemurmel war die Antwort.

»Noah, ich hätte gern deine Zusammenfassung.«

Noah spürte, wie ihm das Blut in den Kopf stieg. Sein Herz hämmerte gegen seine Brust. Langsam klappte er seinen Deutschhefter auf. »Ich«, er räusperte sich, »ich hab sie nicht.«

Herr Koschewskis Augen verengten sich und er sah aus wie ein Geier, der drauf und dran war, sich auf seine Beute zu stürzen. »Du hast sie nicht?« Der Lehrer betonte jedes Wort, während sein Gesicht rot anlief. »Was für eine Frechheit, meinen Unterricht so zu ignorieren!«

Im Raum war es ganz still, sogar Derek hatte aufgehört, Papierkügelchen durch die Gegend zu pusten.

»Herr Koschewski!« Das Mädchen vor ihm meldete sich. »Was Noah sagen will: Er hat sie nicht *bei sich*.«

»So?« Ruckartig wandte der Deutschlehrer sich von Noah ab und ihr zu. »Wie das denn?«

Seine Mitschülerin zog drei dicht mit Computer beschriebene Blätter aus ihrem Hefter. »Sie wissen doch, dass ich die ganzen Ferien über im Urlaub war.« Noah konnte hören, dass sie beim Reden lächelte.

Herr Koschewskis Wut schien zu verrauchen.

»Ich hab es leider nicht geschafft, die drei Kapitel zu lesen, das tut mir wirklich leid«, fuhr sie fort und schob sich eine Haarsträhne hinters Ohr. »Deshalb war Noah so nett und hat mir seine Zusammenfassung zum Lesen gegeben.« Sie streckte dem Lehrer die Blätter hin.

Zögerlich griff Herr Koschewski danach, sein

Blick wanderte zwischen ihr und Noah hin und her. »Du weißt, was ich davon halte, wenn jemand seine Hausaufgaben nicht macht, nicht wahr, Henrietta?«, fragte er scharf.

Sie nickte. »Natürlich, Herr Koschewski. Es kommt auch nicht wieder vor, versprochen.«

Stimmengewirr vor der Tür verriet, dass die Stunde vorbei war.

»Nächstes Mal mache ich eine mündliche Kontrolle«, rief der Lehrer noch, bevor die ersten Schüler den Raum verließen.

Noah fühlte sich wie vor den Kopf gestoßen. Was war das denn gewesen? Langsam räumte er sein Schulzeug in den Rucksack. Er hatte keine Ahnung, was auf Henriettas Blättern stand. Möglicherweise bekam er in der nächsten Stunde mächtig Ärger, weil sie sich einen Scherz erlaubt hatte. Oder er schuldete ihr jetzt etwas und das war auch nicht ohne, denn Henrietta war die beliebteste Schülerin der Klasse. Sie könnte ihn richtig vorführen, wenn sie wollte. So oder so, die Sache konnte eigentlich nur schlecht für ihn ausgehen.

Als Noah die Containeranlage verließ, stand

seine Mitschülerin noch auf dem Schulhof und wartete.

»Danke«, murmelte Noah im Vorbeigehen. Dabei wusste er ja gar nicht, ob Henriettas Aktion etwas war, wofür er sich bedanken konnte.

»Wofür?« Sie lachte und folgte ihm. »Das war doch so abgemacht. Hab nur leider nicht mehr dran gedacht, es dir vor dem Unterricht zu geben.«

»Abgemacht?«, murmelte er, doch das Mädchen achtete nicht darauf.

»Irgendwie haben wir noch nie miteinander gesprochen, obwohl wir seit einem halben Jahr in dieselbe Klasse gehen«, stellte sie fest und hielt Noah das Schultor auf. »Übrigens sagt niemand Henrietta zu mir. Nur der Koschewski.« Sie rollte mit den Augen. »Du kannst Henri sagen.« Dann beugte sie sich mit verschwörerischem Blick zu ihm und flüsterte: »Vierzehn Uhr in der Kirche.«

★ ★ ★

Unter Noahs Schritten knarzten die Stufen der alten Treppe. Oben auf der Empore lehnten Konsti und Georg an der Brüstung und ließen den Blick durch die leere Kirche schweifen. Jules saß mit baumelnden Beinen auf der Orgelbank.

»Ich bin verwirrt«, gestand Noah ohne Begrüßung.

Georgs Grinsen verriet, dass er sehr genau über Henris Deutsch-Hausaufgabe Bescheid wusste. Doch er zuckte nur mit den Schultern. »Es war Henris Idee.«

Noah war sich nicht sicher, ob er über die ganze Aktion verärgert oder beeindruckt sein sollte. »Und, habt ihr den Schlüssel?« Fragend schaute Noah in die Runde, aber er erntete nur allgemeines Kopfschütteln.

»Wenn, dann hat Henri ihn«, antwortete Jules schließlich.

Noah zuckte nur verständnislos mit den Schultern. »Wieso ausgerechnet sie?«

»Ihr Vater ist der ehrenamtliche Leiter der Kirchgemeinde«, erklärte Georg. »Er und der Pfarrer sind *so* miteinander.« Er verschränkte Zeigefinger und Mittelfinger seiner Hand.

»Hab ich das richtig verstanden ...?« Irritiert

schaute Noah zu Jules hinüber. »Henris Vater verdächtigt *deinen* Vater?«

»Na, und?« Jules kniff die Augen zusammen. »Nur, weil unsere Väter sich nicht leiden können, heißt das noch lange nicht, dass wir uns nicht leiden können!«

»Ich zeig dir was.« Konsti humpelte zu den uralten Kirchenbänken neben der Orgel und winkte aufgeregt. »Die ältesten Graffiti, die du jemals gesehen hast.«

Jules sprang von der Orgelbank. »Na los: Wer von uns das älteste findet!«

Konsti beugte sich bereits über die antike Sitzgelegenheit. Neugierig sah Noah ihm über die Schulter. Im Halbdunkel zeichneten sich unscharf Konturen auf dem abgegriffenen Holz ab. Konsti deutete auf eine eingeritzte Jahreszahl: *Anno 1793* stand da.

»Ist das echt?«, staunte Noah.

Jules nickte. »Es gibt noch viel ältere. Mal sehen, wer die älteste Zahl findet, bis Henri da ist.«

Noah holte sein Handy hervor und leuchtete die Holzbank ab. Sitzfläche und Lehne waren mit alten Einritzungen übersät – Namen, Jahreszahlen, sogar kleine Muster!

»Gottesdienste waren damals wohl ganz schön langweilig«, bemerkte Konsti glucksend. »1763!«, schob er dann hastig nach.

»1711«, rief Noah fast im selben Moment wie Jules »1701«.

Verwundert fuhr Noah mit den Fingern über die dreihundert Jahre alten Rillen im Holz. Er konnte sich vorstellen, wie ein Junge, vielleicht in seinem Alter, während eines langen Sonntagsgottesdienstes mit seinem Taschenmesser diese Ziffern in die Bank geritzt hatte. Ob er dafür Ärger bekommen hatte?

»Was ist das hier eigentlich?«, fragte er Konsti und deutete auf ein quadratisches Muster, das aus neun runden Vertiefungen bestand.

»Ein Spielfeld«, stellte Konsti grinsend fest. »Wahrscheinlich hat man mit verschiedenfarbigen Murmeln darauf gespielt. Wer drei gleiche in einer Reihe hatte, gewinnt.«

Ungläubig schüttelte Noah den Kopf. Hinter ihm knarzte die Holztreppe.

»Schnell!« Konsti stieß ihn an. »Wir müssen noch eine ältere Zahl finden als 1701! Sonst gewinnt Jules. *Schon wieder!*«

Das Licht von Noahs Handytaschenlampe tanzte über die Bänke. 1733, 1785, 1812.

»Sorry für die Verspätung«, hörte er Henri in seinem Rücken sagen.

»1699!«, rief Konsti triumphierend und reckte eine Faust in die Höhe.

Noah richtete sich auf und streckte den Rücken durch. Sein Blick fiel auf Jules. Sie stand neben der Orgel, eine Hand auf der Lehne der alten Sitzbank.

Ein breites Lächeln erschien auf ihren Lippen. »1672.«

»Mann!« Konsti raufte sich mit der linken Hand die Haare. »Eigentlich ist das unfair. Du kennst dich hier ja aus.« Dann hielt er Jules die Hand hin, damit sie einschlagen konnte.

»Und?« Erwartungsvoll drehte Georg sich zu Henri um. »Hast du den Schlüssel zur Sakristei?«

Sie lächelte und nickte kaum merklich, als sie Noahs fragenden Blick sah. »Ich hab echt alles abgesucht. Und habe *wirklich* versucht, leise zu sein!«

»Niemand hat dich gehört«, versicherte Konsti großspurig. »Wir waren viel zu sehr mit unserer Pizza beschäftigt.«

Noah lachte laut auf. »Ihr seid ja verrückt. Das Pizzaessen war auch Teil eures Plans? Was hättet ihr denn gemacht, wenn ich das nicht vorgeschlagen hätte?«

»Dann hätten wir euch zum Pizzaessen eingeladen«, erwiderte Georg zwinkernd.

Amüsiert und erleichtert schüttelte Noah den Kopf. So eine Aktion hätte auch zu ihm und seinem besten Freund Hannes gepasst. Aber der war weit weg, in Berlin. Die Erinnerung an die gemeinsame Zeit versetzte Noah für einen Moment einen Stich ins Herz. Ob Hannes noch manchmal an ihn dachte?

»Was ist jetzt?« Jules wurde ungeduldig.

Henri seufzte. »Ich hab ihn nicht gefunden.« Hilflos hob sie die Hände. »Ich hab jeden Schrank und jede unverschlossene Schublade danach abgesucht. Das Büro ist wirklich sehr ordentlich! Wenn der Schlüssel da gewesen wäre, hätte ich ihn finden müssen.«

Jules rieb sich mit beiden Händen das Gesicht.

»Vielleicht war er ja weggeschlossen?«, mutmaßte Noah vorsichtig.

Henri machte bloß eine unschlüssige Kopfbe-
wegung. »Ich hab meinen Vater gefragt. Es gibt
genau zwei Schlüssel zur Sakristei. Den vom Pfarrer und den von Thees.«

»Was ist mit Feuerwehr und Putzfrau?«, wollte
Georg wissen.

»Die Reinigungsfirma hat definitiv keinen. Bei
der Feuerwehr war er sich nicht sicher.« Henri legte den Arm um Jules' Schulter. »Vielleicht hat vor
seiner Zeit als Gemeindeleiter mal jemand einen
Schlüssel nachgemacht. Das wäre dann zwanzig
Jahre her. Aber er meinte, für jede Vervielfältigung
hätte man seine Zustimmung gebraucht.«

»Warum denn das?«, platzte es aus Noah heraus.

»Weil er der Kirchenvorsteher ist. So was wie
der Vorsitzende eines Vereins«, erklärte Konsti.
»Und das Geheimversteck?«

Henri schüttelte den Kopf. »Das ist nur ein Gerücht.«

»Hm.« Noah kniff die Augen zusammen. Er
wollte es nicht laut sagen, aber in seinem Kopf
verdichteten sich die Anzeichen dafür, dass Jules'
Vater Thees doch der Dieb sein könnte.

»Hey!«, zischte Georg plötzlich und deutete mit einem heftigen Kopfnicken zum Seiteneingang. Ein Schlüssel klapperte im Schloss.

»Hast du hinter dir ...?«, setzte Jules an, doch Henri schnitt ihr das Wort ab.

»Natürlich habe ich abgeschlossen!«

»Versteckt euch!« Kaum hatte Konsti die Warnung ausgesprochen, war er auch schon durch eine schmale Tür im Inneren der Orgel verschwunden.

Ein Streifen Tageslicht fiel durch den Türspalt, der langsam breiter wurde.

Überrascht klappte Noah den Mund auf und wieder zu.

Jules hastete die Stufen hinunter, die unter ihren Füßen kaum ein Knarren von sich gaben. Sie schlüpfte in einen seltsamen, großen Holzkasten mit verhangenen Fenstern ringsum. Eine Bleiglasscheibe klirrte leicht, als sie die Tür hinter sich ins Schloss zog.

Georg schob Henri in den Aufgang zum Turm und signalisierte Noah mit einem Winken, dass er ihnen folgen sollte.

In diesem Moment trat unten eine dunkel gekleidete Gestalt in die Kirche und schloss hinter sich den Seiteneingang. Hastig zog Georg die Tür hinter sich zu. Sie quietschte leise in den Angeln.

Noah blieb nichts anderes übrig, als hinter der Holzbrüstung in die Hocke zu gehen. Er presste sich gegen das Holz und hoffte, dass die Person nicht zur Orgel heraufkommen würde. Sein Herz schlug ihm bis zum Hals. Wahrscheinlich war es in der ganzen Kirche zu hören.

Zögerliche Schritte hallten durch das Halbdunkel. Wohin bewegten sie sich? Was, wenn es der Dieb war und sie drauf und dran waren, ihn auf frischer Tat zu ertappen?

Noah zwang sich, ruhig und gleichmäßig zu atmen. Dann drehte er vorsichtig den Kopf und musterte prüfend die Brüstung. Nur etwa einen Meter neben ihm durchzog ein langer Riss das Holz, höchstens einen Finger breit. Das müsste gehen!

So lautlos wie möglich kroch Noah auf den Riss zu. Vorsichtig setzte er den Handballen ab und lauschte, dann belastete er langsam den Arm und zog sein Knie nach.

Bloß aufpassen! In diesem alten Gebäude machte alles Geräusche.

Noah presste seine Wange gegen die Brüstung und spähte durch den Spalt. Es dauerte einen Moment, bis er die Gestalt entdeckte. Sie stand im vorderen Teil der Kirche, die Hände in den Taschen ihres Mantels versenkt. Es schien so, als würde die Person die alten Gemälde betrachten, die dort an den Wänden hingen. Langsam schritt sie über den Fußboden. In diesem Teil der Kirche bestand er fast komplett aus Grabplatten.

Noah blinzelte. Suchte die Gestalt etwas? Oder wartete sie? Unter der schwarzen Kapuze konnte er unmöglich ein Gesicht erkennen. Er konnte nicht einmal sagen, ob dort unten eine Frau oder ein Mann stand.

Die Person wandte sich von den Bildern ab und ging ein paar Schritte Richtung Empore, die genau am anderen Ende der Kirche war.

Noah spannte sich an. Wenn er – oder sie – jetzt hier hochkam, dann würden sie auffliegen!

Die Hände noch immer in den Taschen vergraben, schlenderte die Gestalt ein paar Schritte den Mittelgang entlang. Je näher sie kam, desto schneller schlug Noahs Herz. Es hing alles an ihm! Die anderen waren so gut versteckt, die würde keiner finden, aber er hockte einfach vor der Orgel. Suchend schaute er sich um. Vielleicht gelang es ihm, unbemerkt unter die Bänke mit den alten Einritzungen zu kriechen? Ohne Geräusche zu machen? *Ganz schlechte Idee!*

Als sich Noah wieder umwandte, war die Person aus seinem Blickfeld verschwunden. Sein Herz stolperte. Gleich würde sie hinter ihm stehen und ...

Es knarzte unten in der Kirche, anscheinend öffnete die Person einen alten Schrank. Dann ein dumpfer Schlag – jetzt war der Schrank wohl wieder geschlossen worden. Schritte waren zu hören, dann tauchte die Gestalt erneut in Noahs Blickfeld auf. Scheinbar ziellos wanderte sie durch die Kirche. Dann blieb sie vor einer großen hölzernen Figur stehen und nahm die Hände aus den Taschen. Noah hielt die Luft an, als die Person mit der Rechten an den kunstvollen Verzierungen der Schnitzerei entlangfuhr. Würde der Dieb sie

stehlen? Einfach so aus der Kirche heraus? Oder –
schlimmer noch – kaputt machen?

Vorsichtig atmete Noah aus und zuckte zugleich
zusammen. Aus dem Inneren der Orgel erscholl
ein Geräusch, als würde jemand Luft aus einem
Luftballon pressen.

Auch die Gestalt unten im Kirchenschiff wirbelte
erschrocken herum, beide Hände an der Kapuze.

Noah biss sich auf die Zunge. In seinem Inneren stauten sich Anspannung und Schreck auf, er
hatte das dringende Bedürfnis, sich zu schütteln
oder schreiend davonzulaufen. Er wagte nicht zu
atmen. Würde die Gestalt jetzt doch noch heraufkommen?

Die ganze Kirche lag wieder mucksmäuschen-
still da, aber das Geräusch von eben klang noch in
Noahs Kopf nach.

Unten wandte sich die Gestalt nach kurzem Zögern um und lief zum Seiteneingang. Das Schloss
klackte, dann fiel ein Streifen Tageslicht in die
Kirche und das Schloss klackte wieder.

Stille.

Brenzlige Ermittlungen

Angestrengt lauschte Noah. War die Person wirklich gegangen? Nichts war zu hören. Nur das Blut rauschte in Noahs Ohren. Erleichtert wollte er aufatmen, da klirrte es unter ihm. Noah schlug sich die Hände vor den Mund. Er brauchte einen Moment, bis er verstand, dass Jules aus dem seltsamen Kasten gekommen war. Sie musste die Gestalt durch die Scheibe auch gesehen haben. Noah richtete sich auf und sie schaute zu ihm hoch.

»Warst du das?«, fragte sie leise, aber mit ärgerlichem Unterton.

Er schüttelte heftig den Kopf und deutete auf die Orgel.

»Konsti!«, grollte sie und stieg die Stufen hinauf. Mit Schwung riss sie die schmale Tür in der Orgel auf. »Danke für nichts!«

Konsti riss seine linke Hand hoch. »Das war doch keine Absicht«, stammelte er entschuldigend. »Ich konnte nur nicht so lange stehen.«

»Dann versteck dich nicht an einem Ort, wo du stehen musst«, gab Jules wütend zurück.

Georg und Henri kamen aus dem Aufgang zum Turm. Sie hatten von dem ganzen Drama nichts mitbekommen.

Bevor Jules ihrem Ärger weiter Luft machen konnte, winkte Noah die vier hastig herbei. »Ich habe eine Vermutung«, flüsterte er, damit niemand in die Versuchung kam, laut zu schimpfen. »Ich glaube, die Person wird wiederkommen.« Er warf einen Blick zu Jules hinüber. »Du hast sie auch gesehen, nicht wahr?«

Jules nickte. »Sah aus, als würde sie etwas suchen. Oder auf etwas warten.«

»Ja, genau«, bestätigte Noah. »Ich glaube, das Geräusch aus der Orgel hat sie oder ihn aus dem Konzept gebracht. Vielleicht geht die Person davon aus, dass ihr jemand aufgelauert hat. Möglicherweise wartet sie jetzt in sicherer Entfernung, um zu sehen, ob jemand aus der Kirche kommt. Deshalb können wir jetzt unter keinen Umständen rausgehen. Noch nicht. Wir brauchen ein besseres Versteck.« Wenn es tatsächlich der Dieb war, dann sollte er sich sicher fühlen, damit er versuchte, seinen Plan doch noch in die Tat umzusetzen.

»Also?« Noah schaute in die Runde. »Wo können wir uns sicher *und leise* verstecken? Von wo aus können wir die Person sehen, ohne selbst gesehen zu werden?«

Konsti schien zu überlegen. Jules und Henri tauschten einen vielsagenden Blick.

»Der Beichtstuhl ist eigentlich ziemlich optimal, aber –«, begann Jules, doch Noah unterbrach sie.

»Der *was*?«

»Der Beichtstuhl.« Sie deutete zu dem großen Kasten mit Glasfenstern hinunter. »Da hat man sich früher reingesetzt, wenn man beichten wollte. Also, wenn man jemandem erzählen wollte, dass man Mist gebaut hat.«

»Und wofür ist der heute?« Noah zog die Stirn in Falten.

»Da stehen Eimer mit Sägespänen drin.« Jules grinste kurz. »Damit bindet mein Vater den Staub in der Kirche.«

Irritiert schüttelte Noah den Kopf. »Egal«, meinte er. »Wo verstecken wir uns? Falls er noch mal wiederkommt.«

»Du kannst da reingehen«, meinte Jules und deutete auf Konsti, dann auf den Beichtstuhl. »Da drin kann man *sitzen*.« Sie funkelte ihn ärgerlich an.

»Lass das, Jules!«, bat Georg ernst. »Ich weiß, dass es dir mit der ganzen Situation nicht gut geht, aber trotzdem reitet man nicht auf einer Behinderung rum.«

Jules senkte den Blick.

»Ich komme mit dahin«, bot Georg an. »Im Aufgang zum Turm sieht und hört man leider gar nichts.«

»Hier hinter der Brüstung –«, sagte Noah, doch Jules schnitt ihm mit einer Handbewegung das Wort ab.

»Ich habe da eine Idee«, meinte sie nachdenklich und ihre Augen blitzten. »Ich hoffe, du bist schwindelfrei?«

★ ★ ★

Noahs Augen brauchten einen Moment, bis sie sich an die Dunkelheit gewöhnt hatten. Der Durchgang zum Dach reichte ihm nur bis zum Kinn und direkt hinter der Tür versperrte ein Balken den Weg. Noah ging in die Hocke und kroch den beiden Mädchen nach. Über ihm ragte das alte Kirchendach auf, nur ein paar gläserne Schindeln spendeten etwas Tageslicht. Ein hölzerner Steg führte zwischen den Balken entlang, unter ihnen konnte er in sechs Meter Tiefe die Gewölbedecke der Kirche sehen. Von oben. Noah schluckte und griff mit beiden Händen an das schmale Geländer. Unter seinen Füßen wippten die Bretter des Stegs mit seinen Schritten im Takt.

Jules und Henri standen bereits am nächsten Durchgang.

»Ziemlicher Irrgarten, nicht wahr?«, raunte Jules halblaut. »In den vergangenen Jahrhunderten ist an der Kirche dauernd irgendwo etwas angebaut worden.«

»Ich glaube, ich würde hier nicht mehr alleine rausfinden«, gestand Noah, als er zu den Mädchen aufgeschlossen hatte.

Die Kirche war dadurch abseits des Kirchenschiffs ein regelrechtes Labyrinth aus Wendeltreppen, Dachluken, Brücken und ungenutzten Räumen. Noah hätte sich darin hoffnungslos verirrt, aber Jules bewegte sich so geschickt durch das alte Gebäude, als sei es ihr Wohnzimmer. Im nächsten Abschnitt des Daches war die Gewölbedecke auf einmal nicht mehr sechs Meter unter ihm, sondern auf gleicher Höhe mit dem Steg. Das konnte nur bedeuten, dass die Kirche an verschiedenen Stellen eine unterschiedlich hohe Decke hatte. Holzreste und Staub bedeckten das Gewölbe. Noah entdeckte eine alte Stromleitung und ein paar Eimer, gefüllt mit Taubenkot und kaputten Dachschindeln.

Die Mädchen knieten ungefähr in der Mitte des Daches auf dem hölzernen Steg und beugten sich über eine unscheinbare Lücke im Holz. Jules winkte Noah näher heran und legte dann den Finger auf die Lippen. Als er neben den beiden in die Hocke gegangen war, hob sie ein Brett hoch, das die Lücke im Steg abdeckte. Darunter kam ein kreisrundes Loch im Boden – oder besser gesagt, in der Decke – zum Vorschein. Noah beugte sich vor. Überrascht sog er die Luft ein. Tief unter sich konnte er den Altarraum der Kirche erkennen – die Grabplatten, das Taufbecken aus Bronze und die hölzerne Figur unter der Kanzel. Genau dort hatte die seltsame Gestalt vorhin noch gestanden! Die Lücke im Boden war nicht größer als ein Blatt Papier, trotzdem schauderte es Noah. »Wie hoch ist das?«, fragte er möglichst lautlos.

Jules hob beide Hände und streckte ihm einmal alle zehn und einmal acht Finger hin.

Achtzehn Meter!

»Wofür gibt es das?«

Jules neigte den Kopf in seine Richtung. »Man weiß es nicht genau«, flüsterte sie ihm ins Ohr. »Vielleicht diente es mal als Aufhängung für irgendeine Figur. Oder man konnte von hier aus gezielt einen Lichtstrahl auf das Taufbecken werfen, keine Ahnung. Ich finde ja die Vorstellung schön, dass man zu Weihnachten hier immer einen Engel runtergelassen haben könnte. Vielleicht haben die Leute dann genauso gestaunt wie die Hirten in der Weihnachtsgeschichte.« Sie zwinkerte. »Vom Himmel hoch, da komm ich her.«

Jules' Handy summte. Noah zuckte zusammen. In der Stille unter dem Dachstuhl kam ihm das Geräusch viel zu laut vor. Jules drehte das Gerät so, dass Henri und er die Nachricht auf dem Display lesen konnten. Sie war von Georg: *Kapuzengestalt ist zurück.*

Jules machte eine Handbewegung, als würde sie ihren Mund mit einem Reißverschluss zuziehen.

Noah nickte und beugte sich wieder über das Guckloch. Obwohl es zu klein war, um hindurchfallen zu können, krallte er sich an den Brettern des Stegs fest, auf dem er kniete. Achtzehn Meter waren wirklich hoch!

Eine geraume Weile passierte gar nichts. Noah merkte, wie ihm die Beine taub wurden, und rutschte hin und her, um sie zu entlasten. Ein wenig Staub rieselte durch das Loch in die Kirche hinunter. Jules warf ihm einen ärgerlichen Blick zu und er hob entschuldigend die Hände.

Henri sah auf die Uhr. Mit jeder Minute wurde es dunkler – oben im Dach und unten in der Kirche. Es würde nicht mehr lange dauern, bis sie nichts mehr würden erkennen können.

Jules richtete sich auf und ließ die Schultern kreisen. Noah nutzte den Moment und schob vorsichtig seine kribbelnden Beine unter dem Körper hervor.

Plötzlich fuchtelte Henri wie wild vor seinem Gesicht herum und deutete nach unten. »Da ist er!«, formten ihre Lippen lautlos.

Noah und Jules schnellten gleichzeitig nach vorn, ihre Köpfe knallten genau über dem Loch zusammen. Blitze zuckten vor seinen Augen und Noah prustete kurz, biss sich aber auf die Zunge, um nicht zu stöhnen.

Unten erstarrte die Gestalt mitten in der Bewegung und sah sich um, nach links und rechts, dann hob sie den Kopf.

Alle drei beugten sich ruckartig zurück. Noah

hielt die Luft an. Wie lange würde die Gestalt an die Decke starren? Was genau konnte man von dort unten sehen? Das Dachgebälk? Oder nur ein schwarzes Loch im Gewölbe?

Nach einer gefühlten Ewigkeit hielt Noah es nicht länger aus. Langsam atmete er aus und spähte wieder hinunter. Die Gestalt stand mit dem Rücken zu ihnen vor der hölzernen Figur. Wieder schien es, als würden ihre Finger wie beiläufig über die geschnitzten Verzierungen fahren.

Die Person verschwand wieder aus ihrem Blickfeld, dann hörten sie das Klacken einer Tür. Und dann folgte Stille.

»Hat die Person gerade eine Tür aufgeschlossen? Habt ihr gesehen, ob er oder sie irgendwo den Schlüssel dafür gefunden hat?«, wisperte Noah schließlich aufgeregt.

Jules und Henri schüttelten den Kopf.

Verflixt! Noah rieb sich mit beiden Händen kräftig das Gesicht. Da saßen sie schon im perfekten Versteck, doch im entscheidenden Moment hatten sie nicht hingesehen.

Jules Handy summte wieder, eine Nachricht von

Georg. »Er ist in der Sakristei«, las sie flüsternd vor. »Wir gehen jetzt nachsehen.«

Henri riss erschrocken die Augen auf. »Sind die verrückt?«, zischte sie.

Jules sprang auf und bemühte sich nicht mehr, leise zu sein. »Sie machen alles kaputt! Wir müssen warten, bis er *wirklich* etwas gestohlen hat. Wenn wir ihn zu früh aufhalten, haben wir keine Beweise!« Ehe jemand sie zurückhalten konnte, huschte sie den Steg entlang und verschwand im Durchgang.

Hastig deckte Henri das Loch ab und folgte ihr.

Noah zögerte. War es schlauer, die ganze Sache aus sicherer Entfernung zu beobachten, oder brauchten die anderen unten in der Kirche seine Hilfe? Was, wenn der Dieb bewaffnet war? Oder noch Komplizen hatte?

Doch dann entschied er sich, lieber mitzugehen. Tastend bewegte er sich durch die Dunkelheit über den Holzsteg, hinüber in den ersten Teil des Daches. Für den Moment war er ganz froh, dass der hereinbrechende Abend die Tiefe unter ihm verschluckte.

★ ★ ★

In der Kirche trafen die drei auf einen ratlosen Georg.

»Er ist weg.« Hilflos hob er die Hände. »Wir haben eine Weile gewartet, vielleicht fünf Minuten. Man hat überhaupt nichts gehört, da sind wir nachsehen gegangen, aber in der Sakristei ist niemand.«

»Spinnst du?« Jules schob ihn beiseite. »Es gibt da keinen zweiten Ausgang. Nur eine Tür.«

»Vielleicht ist er durchs Fenster ...«, überlegte Henri laut, doch Jules tippte sich mit einem Finger gegen die Schläfe.

»Die sind so schmal.« Mit ihren Händen deutete sie eine Lücke von gerade mal zwanzig Zentimetern an.

Ein nervöses Gefühl legte sich wie eine unsichtbare Last auf Noahs Brustkorb. Irgendetwas stimmte nicht. Ein Mensch konnte nicht einfach so verschwinden. Sie hatten etwas übersehen.

Jules verschwand mit Georg in der Sakristei, Noah und Henri tauschten einen besorgten Blick.

»Wo ist Konsti?«, wollte er wissen.

Sie deutete zur offenen Tür hinüber. »Vielleicht hat der Typ sich ja da drin irgendwo versteckt und –«

»Und überfällt die anderen gleich?« Noah winkte ab. »Ich glaube eher, dass er die erste Möglichkeit genutzt hat, um abzuhauen. Wahrscheinlich ist er uns entwischt. Konsti und Georg haben ihn ja nicht gesehen.«

»Was ist das denn?« Konstis überraschter Ausruf pumpte Adrenalin durch Noahs Adern. Er stürzte hinter Henri her zur Tür, sein Herz hämmerte wie wild. Der Raum vor ihm war klein und dunkel, er konnte die anderen nicht sehen. Wenn ihm jetzt jemand entgegensprang … Noah zögerte und in diesem kurzen Moment meinte er, ein leises Klirren in seinem Rücken zu hören. Wie ein Bleiglasfenster in einer alten Tür?

»Noah?«, rief Georg mit gedämpfter Stimme.

Noah trat vorsichtig in die Sakristei. Ein Luftzug in seinem Rücken ließ ihn herumwirbeln, doch da raste schon die Holztür auf ihn zu.

»Halt!«, schrie Noah und warf sich mit seinem ganzen Gewicht gegen die Tür. Doch es half nichts. Die Person draußen schien viel stärker zu sein. Die Tür fiel ins Schloss, dann drehte sich der Schlüssel. Einmal, zweimal.

Sie waren eingeschlossen!

★ ★ ★

Entsetzt fuhr Noah zusammen, als im Dunkeln eine Hand nach seiner Schulter griff. »Alles okay?« Es war Georg.

Eine Handytaschenlampe leuchtete auf.

Noah schnaubte wütend. »Nichts ist okay! Wie konnte das denn passieren?«

Jules und Henri stürmten gleichzeitig auf die Tür zu und drückten wie wild dagegen, doch es tat sich gar nichts.

»Hey!« Mit beiden Händen hämmerte Jules gegen das dunkle Holz. »Machen Sie sofort die Tür auf!«

»Das ist lächerlich«, bemerkte Noah trocken. »Er hat uns reingelegt.«

Konsti schlurfte aus der Sakristei in den kleinen Vorraum. Selbst diese missliche Lage schien seiner guten Laune nichts anhaben zu können. Er grinste. »Ich wollte schon immer mal in der Kirche übernachten.«

»Pff«, machte Henri bloß verächtlich.

Ein bisschen ratlos standen sie zu fünft in dem kleinen Vorraum und lauschten. Die Minuten krochen dahin, doch nichts rührte sich.

»Er wusste, dass wir da sind«, brummte Konsti und deutete auf eine alte Truhe neben der Tür.

»Oder sie«, bemerkte Jules, doch Konsti zuckte nur mit den Schultern.

»Tatsächlich!« Im Licht von Georgs Taschenlampe beugte sich Noah über die Truhe. »Seht euch das an!«

Zwei frische Handabdrücke in der dicken Staubschicht sprachen dafür, dass jemand vor Kurzem die Truhe geöffnet haben musste.

Vorsichtig hob Noah den Deckel der Truhe an und spähte hinein. »Leer«, stellte er nüchtern fest.

»Du meinst, jemand ist in die Sakristei gegangen«, überlegte Georg laut, »hat sich in der Truhe versteckt und ...«

»… darauf gewartet, dass wir der Person folgen«, vollendete Noah den Satz. »Ja, das kann sein.«

»Und als Konsti und ich die Sakristei durchsucht haben, ist die Person zurück in die Kirche geschlichen und hat auf den richtigen Moment gewartet, um uns einzuschließen«, fügte Georg mit grimmiger Miene hinzu.

»Wir sollten die Polizei rufen!« Henri machte ein finsteres Gesicht. »Mir ist das alles zu blöd hier.«

»Auf keinen Fall!«, fuhr Jules ihre Freundin an. »Dann müssen wir ihnen sagen, warum wir hier eingeschlossen worden sind, und dann werden sie Papa verhaften wegen den verschwundenen Schätzen und …«

»Niemand wird deinen Vater verhaften«, versuchte Noah, sie zu beruhigen.

Doch Jules wurde nur noch wütender. »Woher willst du das denn wissen? Du hast doch keine Ahnung! Wir rufen *nicht* die Polizei!«

Ich habe mehr Ahnung als ihr alle zusammen, wollte Noah ihr entgegenschleudern, aber er biss sich auf die Zunge.

»Dann ruf deinen Vater an«, schlug Konsti vor. »Er soll uns einfach rauslassen.«

»Ach ja?«, Jules Stimme überschlug sich fast. »Er hat keinen Schlüssel mehr, schon vergessen?«

»Das war unüberlegt von Konsti«, beschwichtigte Georg sie. »Wir finden schon einen Weg hier raus, ohne viel Aufsehen zu erregen.«

»Und wie soll das aussehen?« Verzweifelt warf Jules die Arme in die Höhe und drehte sich im Kreis. »Der Einzige, der weiß, dass wir hier sind, ist dieser Dieb. Papas Schlüssel ist irgendwo im Pfarrhaus weggeschlossen. Ich weiß noch nicht mal, wer ihm den Schlüssel abgenommen hat. Der Pfarrer ist bis Samstag im Urlaub. Das sind *fünf Tage*! Bis dahin sind wir *verhungert*.«

»Hör auf damit!«, fuhr Henri sie an, ihre Stimme flatterte ein bisschen. »Du siehst alles so schwarz.«

»Aber es ist ja auch alles furchtbar«, schluchzte Jules und brach in Tränen aus.

Henri schlang ihre Arme um sie. »Alles wird gut!«

»Okay, welche Optionen gibt es?«, raunte Noah Georg zu und deutete mit dem Kopf zur Sakristei.

Georg nickte vielsagend und folgte ihm wieder nach nebenan. Der Raum war bedeutend größer und eingerichtet wie ein praktisches Wohnzimmer. Die Wand zum Vorraum bestand aus einer dicken, reich mit Schnitzereien verzierten Holzvertäfelung. Darin befand sich also der besagte Schatz – beziehungsweise das, was davon noch übrig war?

Zwei schmale Fenster führten nach draußen, doch sie waren vergittert und ließen sich auch nicht öffnen. Um Hilfe rufen war also zwecklos.

Georg leuchtete durch den Raum. »Was suchen wir?«

»Ich weiß nicht.« Wahllos öffnete Noah einen Schrank, er war voller Kerzen, Dekogläser und Tischdecken. »Eine Säge? Ein Stemmeisen vielleicht.«

»Ein Stemmeisen in der Kirche«, gluckste Konsti. Er war ihnen in die Sakristei gefolgt.

»Hast du eine bessere Idee?«, fragte Georg.

Konsti legte den Kopf zur Seite und schien zu überlegen. »Wir könnten Lichtzeichen geben«, meinte er schließlich und deutete zu den Fenstern.

»Stimmt«, bemerkte Georg anerkennend. »Das wäre eine Möglichkeit. Aber damit ziehen wir vielleicht auch ungebetene Aufmerksamkeit auf uns und das ist wieder ein Problem.«

»Wenn wir hier nicht rauskommen, haben wir auch ein Problem«, gab Konsti zurück und warf sich probehalber den schwarzen Talar des Pfarrers über die Schulter. Er schleifte wie ein viel zu großer Umhang hinter ihm über den Boden. »Der Einzige, der weiß, dass wir hier sind, ist dieser Dieb.« Konsti kniff wütend die Augen zusammen.

»Auch ein Problem«, seufzte Georg.

Noah folgte dem Gespräch nur mit halbem Ohr. Irgendetwas stimmte nicht, etwas hatte sich in den letzten Minuten verändert. Er blinzelte kräftig. War mit Georgs Taschenlampe etwas nicht in Ordnung? Probehalber fuhr er mit der Hand durch die Luft. Ein stechender Geruch drang ihm in die Nase, nur ganz leicht.

Noahs Nackenhaare stellten sich auf. »Riecht ihr das auch?«, flüsterte er. »Ich glaube, wir haben noch ein *ganz anderes* Problem!«

Georg und Konsti drehten sich zu ihm um und schauten ihn fragend an.

Ihm war, als sei die Sicht noch etwas trüber geworden. »Ich brauche das kurz.« Mit diesen Worten riss Noah Georg das Handy aus der Hand und rannte zurück in den Vorraum. Tatsächlich! Unter der Tür drang feiner weißer Rauch hindurch. Er waberte im Licht der Lampe über den Boden.

»Es brennt!«, kreischte Henri und sprang von der Tür weg.

Jules' Weinen verstummte augenblicklich. »Oh nein, oh nein!«, flüsterte sie und riss an der Türklinke.

»Weg von der Tür!«, fuhr Noah die beiden an.

Konsti humpelte heran und versuchte, mit dem Talar den Türspalt abzudichten. »Ruf die Feuerwehr!«, rief er über die Schulter in Georgs Richtung.

»Nein! Was ist, wenn sie Papa –?«, widersprach Jules heftig.

»Willst du dir eine Rauchvergiftung holen?«, fuhr Henri wütend dazwischen.

»Warte kurz!« Noah hielt Georg auf, als der ihm

sein Handy aus der Hand nehmen wollte. Er senkte die Stimme. »Hörst du das?«

Beide pressten gleichzeitig den Kopf gegen die Tür. Dumpf erklang dahinter ein schriller, hoher Ton.

»Der Feuermelder ist angesprungen!« Georgs Augen weiteten sich. »Wir müssen hier raus!« Mit zitternden Fingern entsperrte er sein Display.

Da kratzte plötzlich etwas an der Tür.

In der Sackgasse

Niemand reagierte auf sein Klopfen. Vorsichtig drückte Noahs Dad die Türklinke herunter und spähte ins Zimmer. Es war leer. Er stieß die Tür auf und fuhr sich nachdenklich über die Stoppeln am Kinn. Das sah Noah nicht ähnlich, zumindest nicht, seit sie aus Berlin weggezogen waren. Vielleicht hatte es nichts zu bedeuten, dass sein Sohn neuerdings ohne ein Wort verschwand. Andererseits ...

Ein seltsamer Lichtschein weckte seine Aufmerksamkeit. Vorsichtig trat er ans Fenster und zog die Jalousie etwas höher. Draußen war es schon dunkel, aber von der Kirche blitzte ein rotes Licht herüber. Augenblicklich erwachte in ihm der Kriminalkommissar.

Hastig warf sich Noahs Dad eine Jacke über die Schulter, kramte den Schlüssel aus seiner Aktentasche und rannte aus dem Pfarrhaus. Vor der Tür wäre er um ein Haar mit einem jungen Mann zusammengestoßen.

»Verzeihung!« Der Mann hob entschuldigend eine Hand und klappte das Visier seines Feuerwehrhelms hoch. »Der Feueralarm in der Kirche ist ausgelöst worden.« Er deutete mit dem Daumen hinter sich. »Haben Sie vielleicht einen Schlüssel?«

Noahs Dad wandte sich zum Schlüsselbrett im Flur um und griff nach dem kreuzförmigen Schlüsselanhänger. »Eigentlich müsste das hier der Ersatzschlüssel ...«

»Danke!« Der junge Mann riss ihm den Schlüssel aus der Hand und eilte mit schweren Schritten auf den Seiteneingang zu.

»Wollen Sie nicht auf Ihre Kollegen warten?«, fragte der Kriminalkommissar und folgte ihm.

»Das kann dauern.« Der Feuerwehrmann schloss die Tür auf. »Ich war gerade auf dem Heimweg vom Bahnhof und kam als Erster auf der

Wache an. Als ich fertig umgezogen war, war von den anderen noch keiner da.« Noahs Dad wollte ihm folgen, doch da rief er: »Bitte halten Sie Sicherheitsabstand!«

Dicker grauer Rauch quoll aus der Tür. Der Feuerwehrmann zog sich seine Atemschutzmaske über das Gesicht und verschwand in der Kirche. Der sirrende Ton einer Alarmanlage hallte im Inneren des Gebäudes von den hohen Wänden wider.

Suchend schaute Noahs Dad sich um. Feueralarm in der Kirche und nur ein Feuerwehrmann? Eigentlich müsste doch jeden Augenblick ein Feuerwehrauto mit Blaulicht und Martinshorn um die Ecke biegen, oder? Langsam ging er auf den Seiteneingang zu. Der dichte Rauch waberte über seine Füße und wurde langsam vom Wind verweht. In der Kirche verstummte der Alarm.

Augenblicke später erschien der junge Mann mit einem rauchenden Gegenstand in Form eines Zylinders – eine Nebelkerze. Lachend zog er sich die Atemschutzmaske vom Gesicht. »Da hat sich wohl jemand einen fiesen Scherz erlaubt.«

Noahs Dad zog die Stirn in Falten. »Im Fußballstadion oder auf einer Demo würde ich das erwarten, aber in einer Kirche?« Er musterte den jungen Mann in Feuerwehruniform. »Wo bleiben denn Ihre Kollegen?«

Der winkte ab. »Wir hatten in den letzten Wochen immer mal wieder Fehlalarm. Hab sie schon angefunkt, dass sie gar nicht mehr losfahren müssen. Wie Sie sehen, werden hier wohl keine weiteren Kräfte gebraucht.« Er lehnte die rauchende Dose gegen die Kirchenwand und streckte dann die Hand aus. »Danke für den Schlüssel.«

»Nicht dafür.« Noahs Dad steckte den Ersatzschlüssel ein.

Ein Rumpeln aus dem Inneren der Kirche ließ den Feuerwehrmann herumfahren.

»Da ist noch jemand drin«, stieß Noahs Dad zwischen den zusammengebissenen Zähnen hervor. »Wir sollten die Polizei rufen.«

Der junge Mann nahm sein Funkgerät zur Hand, zögerte dann aber. »Ich gehe erst mal nachsehen.«

»Ich komme mit.« Ohne eine Antwort abzuwarten, stapfte der Kriminalkommissar hinter dem Feuerwehrmann her.

Der Lichtkegel seiner Taschenlampe kämpfte sich durch das verrauchte Kirchenschiff. Dicke Nebelschwaden versperrten die Sicht.

Noahs Vater hustete. »Hier muss gelüftet werden, das ist ja –«

»Scht!« Der Feuerwehrmann war stehen geblieben und hob eine Hand, fast wäre er mit ihm zusammengeprallt. »War da nicht gerade eine Stimme?«

Angestrengt lauschten sie in die Dunkelheit. Fast war es, als würde ihnen der Nebel nicht nur die Sicht nehmen, sondern auch jedes Geräusch verschlucken. Dann hörten sie es wieder: ein dumpfes Klopfen und ein Rufen, wie durch dickes Holz.

»Das kommt von dort!« Noahs Dad hastete los in Richtung der Geräusche. Mit dem Knie stieß er im Dunkeln gegen eine der Kirchenbänke. »Autsch!«

»Alles okay?« Von irgendwoher tanzte Lampenschein durch den Nebel.

»Ja, ja.« Noahs Dad tastete sich an der Rückenlehne der Bank entlang, bis er die andere Seite des Kirchenschiffs erreicht hatte.

Der Feuerwehrmann stand bereits vor einer schweren Holztür. »Hier kamen die Geräusche her.« Er klopfte mit der flachen Hand gegen das Holz. »Hallo?«

Sofort erscholl ein vielstimmiger Aufschrei.

»Hilfe!«, rief eine Stimme, die Noahs Dad sehr bekannt vorkam. »Wir sind hier eingeschlossen!«

»Das ist mein Sohn!« Er stürzte vorwärts.

Der Feuerwehrmann trat gegen die Tür, sie schien zu klemmen. Mit einem kräftigen Ruck bekam er sie auf.

Eine Gestalt stürzte heraus und Noahs Dad direkt in die Arme, wahrscheinlich hatte sie sich von innen gegen die Tür gelehnt und dann das Gleichgewicht verloren.

»Vorsicht!«, rief er und taumelte.

»Gott sei Dank sind Sie da!« Eine zweite Person kam aus dem dunklen Raum.

Noahs Dad tastete im Nebel nach der Person, dem diese Stimme gehörte. »Noah?«, rief er laut.

»Dad?« Noah fiel ihm ohne Vorwarnung um den Hals. »Oh Mann, was ist denn bloß los hier? Wir dachten schon, die Kirche brennt!«

Hinter ihm stolperten Konsti, Jules und ein weiteres Mädchen aus dem Raum.

»Feuer? Gott sei Dank nicht!« Dann warf er einen ernsten Blick über den Rand seiner Brille in die von Handytaschenlampen erhellte Runde. »Habt ihr etwa die Rauchgranate in der Kirche gezündet?«

»Was? Nein!«, rief Noah entsetzt.

»Rauchgranate?«, fragte Georg überrascht.

»Ja.« Noahs Dad deutete mit dem Daumen ins Halbdunkel hinter sich. »Ein Feuerwehrmann hat sie gefunden und rausgetragen.«

»Ein Feuerwehrmann?« Suchend schauten Noah und seine Freunde sich um.

Doch der Mann mit Löschanzug und Atemschutzmaske war verschwunden.

★ ★ ★

Als Noah am nächsten Nachmittag von der Schule kam, lehnte Jules' Fahrrad an der Außenwand der Kirche. Dort, wo normalerweise der Kleinbus ihres Vaters parkte. Nur aus Neugier drückte

Noah die Klinke der Seitentür herunter – sie war offen.

Jules saß auf der vordersten Kirchenbank und starrte zu den bunten Glasfenstern hinauf.

»Hey.« Unschlüssig blieb Noah einige Schritte entfernt stehen.

Sie wandte den Blick nicht ab, klopfte aber neben sich auf das Polster.

Noah streifte seinen Rucksack ab und setzte sich neben sie. »Wie geht's?«

Jules seufzte. »Es gibt ein internes Ermittlungsverfahren gegen meinen Vater.«

»Und das heißt ...?«

Jules wiegte unschlüssig den Kopf hin und her. »Er muss ein Fahrtenbuch über alle dienstlichen Autofahrten der letzten vier Wochen anlegen. Als könnte das *irgendwas* beweisen.«

»Meinst du nicht doch, es wäre besser, wenn die Polizei –?«

»Spinnst du?«, fauchte Jules ihn an.

Beschwichtigend hob Noah die Hände. »Ich meine doch nur, die könnte ja auch seine Unschuld beweisen.«

»Was denkst du, was dann passieren würde? Wenn sich rumspricht, dass gegen den Küster ermittelt wird? Hier kennt jeder jeden. Niemand würde ihm mehr vertrauen.« Jules löste ihren Blick von den Fenstern. »Alle würden ihn für einen Dieb halten, bis das Gegenteil bewiesen wäre. Er würde nirgends einen anderen Job kriegen.« Sie senkte die Stimme. »Dann wäre er arbeitslos. Aber wir brauchen das Geld!«

»Dann müssen wir eben das Gegenteil beweisen«, wollte Noah antworten, biss sich dann aber auf die Zunge. »Kopf hoch! Noch ist er seinen Job nicht los.«

Sie kniff die Augen zusammen. »Das passiert schneller, als du denkst. Ende dieser Woche läuft das Ultimatum ab und dann erstattet die Kirchenleitung Strafanzeige.« Für einen kurzen Moment sah es so aus, als würde Jules gleich in Tränen ausbrechen, doch dann ballte sie die Fäuste und boxte wütend in die Luft. »Wenn ich den kriege, diesen miesen Betrüger. Er hat alles kaputt gemacht. Er hat ...« Sie schniefte. »Seit meine Oma gestorben ist, geht es Papa schlecht. Meine Tante will, dass er ihr sofort den Anteil des Hauses ausbezahlt. Wir wohnen da schon ewig und meine Tante will es auch gar nicht haben. Aber sie besteht auf das Geld. ›So ein goldener Abendmahlskelch ist eine Menge wert‹, hat Henris Vater gesagt. Aber mein Papa würde niemals stehlen!«

Unbehaglich rutschte Noah auf seinem Kissen herum. Eigentlich kannte er Jules kaum. Was sollte er denn sagen? Dass er sich immer noch fragte, was die beiden mit der Säge in der Kirche gemacht hatten? Dass er auch schon darüber nachgedacht hatte, ob Thees nicht doch der Dieb sein könnte? Ein Motiv hätte er anscheinend ja auch.

Er stand auf und schlurfte zu der hölzernen Figur, die unter der Kanzel angebracht war, sodass es aussah, als würde sie sie auf ihren Schultern tragen. Einige Stufen führten auf das Rednerpult hinauf. Von da oben konnte man die ganze Kirche überblicken.

»Hier hat der Dieb gestanden, als wir ihn zum letzten Mal gesehen haben«, überlegte Noah laut.

Vielleicht würde das Jules von ihrer Traurigkeit ablenken.

»Was denkst du? Ist an diesem Typen hier irgendwas geheimnisvoll?« Er strich der Figur über die Haare.

»An Simson?« Jules schniefte erneut und kam dann zu ihm herüber.

»Simson?« Noah gluckste. »Der heißt echt so wie Georgs Moped?«

»Nein.« Jules schüttelte heftig den Kopf. Das Moped heißt so wie *er*.«

»Aha.« Noah zog die Stirn in Falten. »Und warum?«

»In der Bibel gibt es eine Geschichte, die davon erzählt, dass Simson ein unglaublich starker Typ war.« Jules zuckte mit den Schultern. »Und wahrscheinlich hat das Moped einen starken Motor.«

»Warum ...?«

»Woher soll ich das wissen?«, fragte Jules ärgerlich. »Bin ich Moped-Erfinderin?«

»Lass mich doch ausreden!« Noah biss sich auf die Unterlippe. Jules war gerade ziemlich gereizt. »Warum ist gerade er hier als Figur abgebildet?«

Jules neigte den Kopf zur Seite und überlegte. »Na ja, er trägt die Kanzel auf seinen Schultern und auf der Kanzel werden normalerweise Geschichten von Gott erzählt. Vielleicht bedeutet das im übertragenen Sinne, dass die Geschichte Gottes mit uns Menschen auf starken Schultern steht.«

Diese Antwort fand Noah ziemlich schlau. »Aber was hat Simson jetzt mit dem gestohlenen Kirchenschatz zu tun? Diese verdächtige Person hat schließlich zweimal ziemlich lange vor ihm gestanden.«

Nachdenklich fuhr Jules der Holzfigur über die geschnitzte Rüstung. »Vielleicht öffnet sich irgendwo ein geheimes Fach, wenn –«

»Wenn man ihn an der Nase zieht?«, entgegnete Noah lachend. Natürlich passierte gar nichts, als er Simson ins Gesicht griff.

»Lass das!«, schimpfte Jules, konnte sich ein Lächeln aber nicht verkneifen.

»Vielleicht geht es auch nicht um die Figur, sondern um die Kanzel.« Noah nahm die geschnitzten Verzierungen unter die Lupe. Stand irgendeine weiter hervor? Oder gab es eine Stelle, an der die Farbe abgegriffener war? Doch da war nichts Auffälliges.

»Vielleicht deutet sein Arm auf eine bestimmte Stelle, wo es einen Hinweis gibt?« Jules schirmte die Augen gegen das Licht der tief stehenden Sonne ab und suchte nach Besonderheiten an der gegenüberliegenden Wand.

Noah lehnte sich ganz nah an die Holzfigur, um genau in die Richtung zu schauen, in die Simsons Hand zeigte. Mit einer Hand stützte er sich ab, mit der anderen deutete er parallel zu dem Holzarm auf die Außenwand der Kirche. Plötzlich knirschte es und Simsons Arm löste sich vom Körper. Noah griff gerade noch rechtzeitig zu, damit er nicht zu Boden fiel. »Ups«, entfuhr es ihm.

Jules wirbelte herum. »Was hast du gemacht?«, rief sie entsetzt. »Du hast ihn abgebrochen!«

»Nein!« Noah streckte abwehrend den Arm von sich. »Ich hab ihn kaum angefasst. Nur ein bisschen und schon hatte ich ihn in der Hand.«

»Weißt du nicht, wie wertvoll so eine alte Figur ist?«, fauchte Jules. »Du kannst doch nicht daran rumrütteln!«

»Hab ich doch gar nicht!« Noah drehte hilflos den Holzarm in seinen Händen hin und her. Es sah eigentlich nicht so aus, als ob er abgebrochen wäre.

»Gib ihn mir!« Jules wollte danach greifen, doch da fiel mit leisem Klirren ein einzelner Schlüssel auf den Boden. Sie klappte den Mund auf und wieder zu, dann hob sie den Schlüssel auf. »Das Geheimversteck?«

Beide beugten sich über das geschnitzte Holzstück. Oben an der Schulter, wo der Arm an den Körper gesteckt wurde, befand sich ein Hohlraum, gerade mal einen Finger breit. Es sah so aus, als hätte jemand diese Vertiefung ins alte Holz geschnitzt oder gesägt.

»Das muss der Schlüssel zur Sakristei sein«, flüsterte Jules, obwohl sie alleine waren. »Wir haben das Versteck wirklich gefunden!«

»Der Dieb hat den Schlüssel zurückgelegt?« Noah war froh, dass er Simson anscheinend tatsächlich nicht kaputt gemacht hatte, trotzdem verstand er nicht, was hier vor sich ging.

»Natürlich hat er das!«, erwiderte Jules. »Der wird sich ja nicht mit dem Schlüssel zur Sakristei in der Tasche erwischen lassen.«

»Das ist die Gelegenheit! Die Fingerabdrücke vom Dieb sind da drauf!« Er brach ab. *Und die von Jules.*

Hinter ihnen schlug die Tür zum Turmaufgang zu. »Hey, was habt ihr da zu suchen?«

Noah und Jules wirbelten herum. Schulter an Schulter verbargen sie den einarmigen Simson hinter ihrem Rücken.

Mit großen Schritten kam ein Mann durch den Mittelgang auf sie zu. »Wenn ihr euch heimlich treffen wollt, dann macht einen Waldspaziergang.«

»Wir haben kein Date!«, fuhr Jules ihn an.

Jetzt schien der Mann sie zu erkennen. »Julia!« Er zog ernst die Augenbrauen hoch. »Es ist keine gute Idee, hier rumzuschnüffeln. Damit tust du deinem Vater keinen Gefallen.«

»Ich schnüffle doch nicht herum!« Jules Wut steigerte sich wieder. »Ich darf mich in der Kirche aufhalten wie jeder andere auch. Ihr habt Papa sowieso schon alle verurteilt. Dann muss ich eben seine Unschuld beweisen.«

»Jules, lass gut sein«, presste Noah zwischen den Zähnen hervor.

»Julia, es ist besser, wenn du jetzt gehst!«, sagte der Mann streng. »Die Sache mit den gestohlenen Kunstwerken sollten wir der Polizei überlassen.«

Jules öffnete den Mund, doch Noah stieß ihr mit dem Holzarm in den Rücken. »Hör auf. Wir kriegen Mordsärger wegen Simson!«

Der Mann hatte sie fast erreicht. Er war so groß, dass er mühelos über ihre Schultern hinweg Simsons fehlenden Arm entdecken würde. Er stand schon vor den Stufen, die vom Kirchenschiff in den vorderen Teil der Kirche führten.

Hilfe suchend sah Noah sich um. Er musste ihn ablenken.

»Die ganze Erholung aus dem Urlaub ist direkt verpufft.« Kopfschüttelnd stieg der Mann, den Noah jetzt als den Pfarrer erkannte, die Stufen hinauf. Obwohl sie im Pfarrhaus wohnten, war Noah ihm erst zwei- oder dreimal begegnet.

Das konnte ja heiter werden. Noah drückte den losen Arm enger gegen seinen Rücken.

»Was um ...?«, entfuhr es dem Pfarrer.

Noahs Knie begannen zu zittern. Doch der Pfarrer hielt in der Bewegung inne und schaute gar nicht zu ihnen, sondern zum Seiteneingang hinüber. Der Wind hatte die Tür aufgedrückt und die Infozettel für Touristen am Eingang auf dem Boden verteilt.

»Wenn ihr schon hier rumhängt, dann macht doch wenigstens die Tür ordentlich hinter euch zu!«, schimpfte der Pfarrer und eilte zu dem Chaos hinüber.

Noah und Jules wirbelten gleichzeitig herum. Jules legte den Schlüssel zurück in die Aussparung, doch als Noah den Arm am Körper befestigen wollte, rutschte er wieder heraus.

Der Pfarrer sammelte die losen Blätter auf.

»Schnell!«, drängte Jules wispernd.

Noah drückte den Arm zurück in seine Halterung, doch er klemmte, zwischen Arm und Körper blieb eine daumendicke Lücke. Viel zu auffällig.

»Der Winkel passt nicht«, murmelte Noah und versuchte, den Arm wieder abzuziehen, doch jetzt klemmte er erst recht.

»Beeil dich!« Jules klang panisch.

Mit einem kräftigen Ruck zog Noah den Arm wieder ab, in hohem Bogen flog der Schlüssel durch die Luft. »Sch...« Er biss sich auf die Zunge, als Jules den Schlüssel auffing, bevor er zu Boden fallen und Lärm machen konnte. Mit zittrigen Fingern legte sie ihn zurück ins Versteck.

Der Pfarrer drückte die Seitentür zu.

Noch einmal setzte Noah den Arm an den Körper. Diesmal stimmte der Winkel, knirschend rastete der Arm ein. Ein paar Holzspäne rieselten zu Boden. Hastig schob Noah sie mit dem Fuß in die breiten Fugen des Steinfußbodens. Er drehte sich genau in dem Moment um, als der Pfarrer sich von der Tür abwandte und in ihre Richtung kam.

»Nichts wie raus hier«, raunte er Jules zu, die ziemlich blass um die Nase war. »Sie haben recht«, sagte er laut und zog Jules am Arm, »hier ist nicht der richtige Ort zum Rumhängen. Wir gehen dann mal.«

Ehe Jules widersprechen konnte, hatte Noah sie schon zum Ausgang geschoben. Er schnappte sich seinen Rucksack, nickte dem Pfarrer zu und verschwand mit Jules ins Freie. In seinem Kopf fuhren die Gedanken Karussell. Irgendwie verhielt sich angesichts des Diebstahls niemand wirklich verdächtig. Aber irgendwie auch alle ein wenig.

Noch ein Rätsel

Berlin

Ohne anzuklopfen, stürmte Hannes in das Zimmer seiner Schwester.

»Was?«, blaffte Ella und wirbelte auf ihrem Schreibtischstuhl herum. Mit beiden Händen hielt sie am Hinterkopf die losen Enden einer halb fertigen Flechtfrisur fest.

»Ich hab es gelöst.« Hannes wischte das Durcheinander von Haargummis und Klemmen auf Ellas Schreibtisch beiseite.

»Was soll das?«, protestierte seine Schwester ärgerlich. »Ich bin beschäftigt, siehst du das nicht?« Sie nickte zu ihrem Handy hinüber, auf dem ein

Video lief. Eine junge Frau mit langen dunklen Haaren erklärte die einzelnen Schritte der Frisur, die Ella nachzumachen versuchte.

Mit gerunzelter Stirn schaute Hannes zwischen Ella und dem Video hin und her. »Willst du denn gar nicht wissen, was ich rausgefunden hab?«, fragte er geheimnisvoll.

Ella seufzte und löste die Strähnen an ihrem Hinterkopf. Dann schaltete sie das Video aus.

Hannes unterdrückte ein Schmunzeln. Er wusste, dass seine jüngere Schwester keinem Rätsel widerstehen konnte.

»Also«, sagte er betont langsam und breitete acht Postkarten vor ihr auf dem Schreibtisch aus. »Was fällt dir auf?«

Ella legte den Kopf zur Seite. »Echt jetzt? Du platzt hier rein, ohne zu fragen, um mir die Postkarten zu zeigen, die wir uns schon tausendmal angeschaut haben?« Sie nahm ihr Handy in die Hand.

»Warte, Ella! Diesmal hab ich *wirklich* etwas rausgefunden!« Er griff nach einer der Karten.

Auf den ersten Blick war an diesen Postkarten

nichts besonders. Auf einer Seite war Werbung aufgedruckt – mal für eine Gartenzeitschrift, mal für ein Getränk. Kostenlose Karten, wie man sie zum Beispiel in Restaurants oder auf Messen bekam.

Statt einer Briefmarke mit Poststempel gab es nur einen Code aus Zahlen und Buchstaben. Papa hatte ihm erklärt, dass das eine Form der Frankierung war, die man im Internet bezahlte.

Alle Karten waren an ihn, Hannes, adressiert, aber keine enthielt einen persönlichen Gruß. Trotzdem ahnte Hannes, von wem sie kamen: seinem besten Freund Noah. Jedes Mal, wenn er an ihn dachte, jagte ihm ein Schauer über den Rücken. Denn Noah war von einem Tag auf den anderen aus ihrem Leben verschwunden – als hätte es ihn nie gegeben. Die Wohnung, in der er und sein Dad gelebt hatten, war plötzlich leer gewesen, seine Handynummer funktionierte nicht mehr. Das letzte Mal hatte Hannes ihn an der Nordsee gesehen, als Papa mit Noah Pizza hatte holen wollen. Doch sie waren nicht zurückgekommen und später hatte sich herausgestellt, dass eine Gruppe von

Verbrechern sie entführt hatte, um Noahs Dad unter Druck zu setzen. Der war als Kriminalkommissar nämlich verantwortlich für die Festnahme eines Mitgliedes dieser Bande gewesen. Gott sei Dank hatte die Polizei Papa und Noah befreien können, doch seitdem waren Noah und sein Dad untergetaucht. Das Einzige, was Hannes hoffen ließ, war ein kurzer Abschiedsbrief, den Noah ihm hinterlassen hatte. Und diese acht Postkarten.

Die erste war im vergangenen Oktober bei ihm eingetrudelt, dann waren im Abstand von genau zwei Wochen sieben weitere Karten gekommen. Die letzte Karte hatte er Anfang Februar erhalten. Seitdem war Funkstille.

Der Inhalt der Karten war völlig belanglos. Auf einer stand eine Einkaufsliste: *2 Gläser Würstchen, 11 Tomaten, 1 Becher Sahne, Nudeln ...*

Auf einer anderen war ein Wetterbericht abgedruckt inklusive Sturmwarnung mit Windgeschwindigkeiten und Regenmengen.

Niemand würde solche Karten ernst nehmen, aber für Hannes ergab das alles Sinn. Die Ein-

kaufsliste enthielt die Zutaten für sein Lieblings-
essen: Nudeln mit Wurstgulasch. Die Sturmwarnung war ein Hinweis auf ihr gemeinsames
Abenteuer in der U-Bahn, als ein Wintersturm
halb Berlin lahmgelegt hatte. Es konnte nur Noah
sein, der ihm diese Karten schickte. Aber warum?

»Also, was ist deine neuste Erkenntnis?« Ella
lehnte sich auf ihrem Schreibtischstuhl zurück und
faltete erwartungsvoll die Hände hinter dem Kopf.

»Ich glaube, die Karten enthalten eine geheime
Botschaft.« Hannes Stimme zitterte ein kleines
bisschen.

Seine Schwester zog die Augenbrauen hoch,
ihre Mundwinkel zuckten.

»Ich meine das ernst!«, fuhr Hannes sie an.

»Okay, okay!« Beschwichtigend hob sie die Hände. »Ich höre dir ja zu. Aber weißt du, wie oft du
schon hier gestanden hast? Wir haben doch wirklich *alles* überprüft. Geheimschrift, Farbcodes,
Zusammenhänge zwischen den verschiedenen
Produkten, für die Werbung gemacht wird. Alles
Sackgassen. Du hast sogar kontrolliert, ob *wirklich*
die Post die Karten bringt.«

Hannes wurde ein bisschen rot, als er daran dachte, wie er während der Weihnachtsferien drei Tage lang hinter dem Briefschlitz gewartet hatte, um dann aus Versehen den armen Postboten im Hausflur zu Tode zu erschrecken.

»Du hast ja recht«, gab Hannes kleinlaut zu. »Aber hör dir meine neuste Theorie wenigstens an.« Er griff wieder nach einer der Karten und tippte auf den Text. Es war ein kurzer Zeitungsartikel mit Datum. »Siehst du das?«

Ella nahm die Karte und bewegte sie im Licht der Schreibtischlampe hin und her. »Sechs Zahlen.« Sie zuckte mit den Schultern.

»Jaha. Aber schau doch mal genau hin!« Hannes beugte sich über sie. »Da ist ein Farbunterschied!«

»Du spinnst«, gab Ella zurück und kniff die Augen zusammen. »Da hat der Drucker einfach nicht so gut funktioniert.«

»Und hier?« Hannes reichte ihr die Karte mit der Einkaufsliste. Die Anzahl der Tomaten war ein bisschen heller gedruckt als der Rest.

Wortlos griff Ella eine weitere Karte und begutachtete sie: »Zwei Zahlen im Briefmarken-Code sind mit einem anderen Kugelschreiber geschrieben.« Sie ließ die Karte sinken. »Heißt das ...«

»Die Karten enthalten eine geheime Botschaft!«, vollendete Hannes den Satz.

Jetzt hatte er Ellas volle Aufmerksamkeit. Sie schob ihre Hände unter die Oberschenkel und beugte sich vor. »Und wie kann man sie entschlüsseln? Stehen die Zahlen für Buchstaben oder Wörter?«

»Nein.« Hannes schaltete Ellas Lerncomputer ein. »Ich glaube, es sind Teile von Koordinaten!«

»Wohin führen sie?« Ellas Stimme überschlug sich fast.

»Weiß ich noch nicht. Vielleicht dahin, wo Noah steckt?« Hannes öffnete eine Weltkarte im Internet. »Ich hab schon ein paar Kombinationen ausprobiert, aber es ergibt keinen Sinn.« Er tippte die auffälligen Zahlen in ein Suchprogramm ein in der Reihenfolge, wie die Karten auf dem Tisch lagen. Sie landeten irgendwo vor der griechischen Küste im Mittelmeer.

Wie angestochen raffte Ella die Karten zusammen. »Da muss noch mehr drinstecken als bloß die Teile von Koordinaten!«, rief sie. »Noah erwartet ja garantiert nicht von uns, dass wir zig Kombinationen ausprobieren.«

»Hunderte«, murmelte Hannes. Die nächste Kombination verschlug sie in den Wald nach Russland.

Ella tippte sich mit einer Karte gegen die Stirn. »Wir könnten die Werbefirmen nach Alphabet ordnen.«

Eine Oasenstadt in Ägypten.

»Vielleicht hat es etwas mit den Farben der Karten zu tun«, überlegte Hannes laut.

Ella drehte alle Karten um und ordnete sie so gut wie möglich von hell nach dunkel. Diesmal landeten sie in der Wüste in Afrika.

»Es muss einfacher sein.« Seine Schwester vergrub das Gesicht in ihren Händen.

Hannes tippte noch zwei, drei Kombinationen ein, doch keiner der Orte erschien ihnen logisch.

»Ich hab's!« Ella sprang auf und Hannes stieß sich vor Schreck den Ellenbogen an der Tischkante. Seine Finger kribbelten unangenehm.

»Es ist die Reihenfolge, wie die Karten hier eingetroffen sind.«

Hannes klappte den Mund auf und wieder zu. Sollte es tatsächlich so einfach sein? Er klaubte die Karten vom Tisch und schaute sie nacheinander an. Welches die erste Karte gewesen war, wusste er sofort. Und natürlich auch die letzte. Doch die anderen? Er biss sich auf die Unterlippe. Keine der Karten enthielt ein Datum. So einfach war es dann doch nicht.

»Denk nach!«, drängte Ella, während er die Karten in den Händen hin und her drehte.

»Du auch!«, gab er zurück.

Anfang Dezember war Werbung für den Dresdener Striezelmarkt auf der Vorderseite gewesen. Und den Postboten hatte er erschreckt, nachdem der eine Werbekarte für ein Schuhgeschäft in den Briefschlitz gesteckt hatte. Schließlich entschied Hannes sich für eine Reihenfolge, doch die Koordinaten, die Ella in das Programm tippte, führten nach Dänemark.

»Vielleicht ist er gar nicht mehr in Deutschland?« Hannes seufzte resigniert und kaute auf der Kordel seines Kapuzenpullovers herum.

»Die Reihenfolge stimmt noch nicht«, beharrte

Ella und schob die Karten auf dem Tisch hin und her. Beim nächsten Versuch landete der rote Punkt auf dem Computerbildschirm in Sachsen-Anhalt.

»Das muss es sein!«, quietschte Ella.

Plötzlich wurde Hannes gleichzeitig heiß und kalt. Hatten sie das Rätsel um die Karten tatsächlich gelöst? Hastig stand er auf. »Wir müssen unbedingt da hin!«

»Nicht so schnell«, hielt Ella ihn zurück. »Vielleicht brauchen wir erst mal einen Plan.«

»Ach Quatsch«, Hannes winkte ab, »wir werden ihn schon finden. Das ist ja nicht Berlin.«

»Und wo willst du anfangen zu suchen?« Ella drehte den Computer so, dass Hannes den Bildschirm sehen konnte. Sie hatte den Ort in eine Suchmaschine eingegeben. »Berlin ist es vielleicht nicht, aber die drittgrößte Stadt Deutschlands.«

★ ★ ★

Die trockenen Tannennadeln verglühten knisternd in der Feuertonne und ein Funkenregen stob Richtung Nachthimmel auf.

»Hier, für dich.« Ohne zu fragen, drückte Georg Noah eine Tasse Punsch in die Hand. Der Henkel klebte vom süßen Inhalt.

»Danke«, brummte Noah und nippte an dem Getränk.

»Und, hast du schon was Verdächtiges gesehen?«

Noah zog die Stirn in Falten und antwortete nicht. Eigentlich wollte er doch nur unscheinbar aus dem Hintergrund die Leute beobachten, die an diesem Freitagabend vor dem Pfarrhaus zusammengekommen waren. Es war Tradition, dass im Februar gemeinsam der Weihnachtsbaum verbrannt wurde. Oder besser gesagt: die Äste des Weihnachtsbaumes. Was mit dem Stamm passierte, wollte Georg einfach nicht verraten und Noah verstand nicht so richtig, warum man ein Geheimnis um vertrocknetes Holz machte.

»Wo ist Jules?«, wollte er wissen, ohne auf Georgs Frage einzugehen.

Georg lehnte sich gegen die Hauswand. »Die kommt heute nicht. Das Weihnachtsbaum-Verbrennen wurde in den letzten Jahren immer von ihrem Vater organisiert. Und der wird sich heute ganz sicher nicht blicken lassen. Die Leute im Ort reden über ihn und sie sagen nicht besonders nette Sachen. Dabei ist überhaupt nichts bewiesen.«

»Hm«, machte Noah bloß. Natürlich machten in einer Kleinstadt Neuigkeiten und Gerüchte schnell die Runde. Insgeheim hegte er selbst ebenfalls Zweifel. Natürlich war Jules von der Unschuld ihres Vaters überzeugt, aber war Thees tatsächlich nicht der Dieb? Vor allem die Erzählungen um die Auszahlung des Erbes an Jules' Tante hatten Noah stutzig gemacht. Wie hoch waren die Schulden tatsächlich? Georg würde er das nicht fragen können, sicherlich würde der nichts auf Jules und ihre Familie kommen lassen.

»Woran denkst du gerade?« Georgs bohrender Blick weckte in Noah ein mulmiges Gefühl.

»Ach nichts. Nur …«

»Nur was?«, fragte Georg neugierig.

Ein neuer Zweig fing rauschend Feuer.

»Ich hab mich nur gefragt, was man mit einer Säge in der Kirche macht«, murmelte Noah.

»Wie bitte?«

»Ach, nichts«, erwiderte Noah hastig. »Ich hab nur darüber nachgedacht, dass wir eigentlich gar keinen Verdächtigen haben.« Außer Thees. Doch das sprach er nicht laut aus.

»Keinen oder zu viele.«

»Zu viele?« Irritiert hob Noah die Augenbrauen.

Georg machte eine ausladende Armbewegung, die den Platz um die Feuerschale umfasste. »Na ja, streng genommen wissen alle hier, dass die Kirchgemeinde einige wertvolle Dinge besitzt …«

Noah nahm einen Schluck aus der Tasse, der Punsch war nur noch lauwarm. »Das hilft uns nicht wirklich weiter.«

»Das stimmt.« Georg boxte ihn in die Seite. »Aber hier rumstehen und grübeln auch nicht. Ich hole mir jetzt ein Würstchen. Kommst du mit?«

Noah nickte und warf noch einen flüchtigen Blick über die Schulter. Ihre Wohnung lag im Dunkeln. Wahrscheinlich saß Dad wieder allein in der Küche. Auf Noahs Frage, ob er mit rauskommen wolle, hatte Dad nur abgewinkt.

Noah stellte sich hinter Georg an der Schlange vor dem Grill an, obwohl er eigentlich gar keinen Hunger hatte. Um eine kleinere Feuerstelle hockten Kinder und grillten Marshmallows über der Glut. Henri saß mit zwei Freundinnen auf der niedrigen Mauer zum Nachbargrundstück. Sie warfen mit Schokolade überzogene Erdnüsse in die Luft und versuchten, sie mit dem Mund aufzufangen. Erwachsene in kleinen Grüppchen standen redend und lachend herum. Der Junge vor ihnen mühte sich mit der fast leeren Senfflasche ab, die statt Senf nur pupsende Geräusche von sich gab.

»Toastbrot oder Kartoffelsalat?«, fragte der Mann am Grill und hielt die Grillzange mit einem fertigen Würstchen in Noahs Richtung.

»Äh ...« Noah kam nicht dazu zu antworten, denn plötzlich erstarben rundherum alle gemurmelten Gespräche.

Der Grillmeister hielt ihm immer noch das Würstchen hin, starrte aber mit entsetztem Blick an ihm vorbei.

Noah wirbelte herum. Die Menschen auf dem Platz waren wie eingefroren, eine stille Panik hatte sich ausgebreitet.

Eine von Henris Freundinnen stand vor dem Mäuerchen, mit weit aufgerissenen Augen, beide Hände am Hals. Sie öffnete den Mund, doch kein Ton kam heraus.

»Spuck es aus!«, schrie Henri und schlug ihr auf den Rücken.

»Die Nüsse!«, entfuhr es Georg.

Das Mädchen beugte sich vornüber und würgte, doch nichts passierte.

»Lea bekommt keine Luft!«, rief jemand.

Sie wand sich, während die Sekunden entsetzlich langsam dahinkrochen.

Noah zog das Handy hervor, seine Finger zitterten, als er es entsperrte. Was war zu tun? Den Notruf wählen? Aber kein Krankenwagen würde schnell genug sein, wenn jemand erstickte. Die Leute standen da wie gelähmt.

»Lea!«, schluchzte Henri, doch Lea fuchtelte nur mit den Händen durch die Luft und fiel auf die Knie.

»Macht doch was!«, rief eine Frau, die starr vor Schreck danebenstand.

Ein Kind begann zu weinen, als seine Mutter es an sich riss.

Lea kämpfte.

Einer der Männer, die Äste aufs Feuer legten, kam mit weit ausholenden Schritten über den Platz. Ohne zu zögern, packte er Lea von hinten, hob sie hoch und drückte ihr mit aller Kraft seine Fäuste in den Bauch. Einmal, zweimal. Hustend spuckte Lea die Nuss aufs Pflaster und rang nach Luft. Ihr Retter stellte sie auf dem Boden ab und ging ohne einen weiteren Blick zurück zur Feuertonne.

Die stille Panik löste sich langsam auf. Jemand begann zu applaudieren und alle stimmten mit ein, doch keiner sagte ein Wort. Zu Furcht einflößend waren die letzten Momente gewesen.

Georg und Noah sahen sich an.

»Gerade noch mal gut gegangen«, murmelte Noah erleichtert. Leas Kampf mit der Nuss in ihrer Luftröhre war ihm ewig vorgekommen, dabei hatte die ganze Situation keine halbe Minute gedauert.

»Gott sei Dank!«, pflichtete Georg ihm bei.

»Wer ist das?« Noah nickte zum Feuer hinüber und nahm einen Schluck aus seiner Tasse. Angeekelt verzog er das Gesicht. Der Punsch war inzwischen kalt und schmeckte einfach nur noch süß.

»Roman«, antwortete Georg mit Anerkennung in seiner Stimme. »Ein stiller Typ, aber voll korrekt. Er ist bei der Feuerwehr. Da hat er bestimmt auch den Heimlich-Griff gelernt.«

»Den was?«

»Heimlich-Griff.« Georg grinste. »Kommt nicht von Heimlichtuerei, sondern von dem Arzt, der diesen Griff erfunden hat. Durch den Druck unter dem Brustkorb wird die Luft aus den Lungen gepresst und dadurch kommt das, was die Luftröhre verstopft, heraus.« Er kratzte sich verlegen am Kopf. »Ich hätte mich das nicht getraut.«

Endlich kamen sie dazu, ihre Würstchen zu essen. Während Georg ein wenig mit Henris Vater plauderte, beobachtete Noah wieder die Leute, obwohl er gar nicht wusste, worauf er eigentlich achten sollte. Die ganze Sache war ja auch mehr als merkwürdig, denn eigentlich hatten sie nichts außer Jules' Erzählungen und ein Kapuzenphantom.

»Soll ich das mit zur Mülltonne nehmen?« Ohne

eine Antwort abzuwarten, nahm Henris Vater Noah den Pappteller aus der Hand.

»Danke!« Noah nickte und sah ihm nach, wie er in der Menge verschwand.

Eine Bewegung an der Kirchenmauer weckte seine Aufmerksamkeit. Im gleichen Augenblick packte Georg ihn am Arm. Er hatte es also auch gesehen: Die geduckte Gestalt mit einer dunklen Kapuze schlich durch den Schatten Richtung Kirchentür.

»Denkst du, es ist eine Falle?«, fragte Noah leise.

»Und selbst wenn.« Grimmig kniff Georg die Augen zusammen. »Diesmal entwischt er uns nicht.«

★ ★ ★

Der Seiteneingang war offen. Vielleicht, weil sowieso gerade draußen das Verbrennen des Weihnachtsbaums stattfand. Vielleicht aber auch, weil das Kapuzenphantom die Tür heimlich aufgeschlossen hatte.

Leise zog Noah sie hinter sich ins Schloss. Im Inneren der Kirche war es beinahe stockdunkel. Nur die Ewigkeitslichter, die Besucher im Laufe des Nachmittages in der Gebetsecke angezündet hatten, spendeten ein wenig Helligkeit. Und über der Tür zum Turmaufgang leuchtete ein Notlicht.

Georg machte vor der Tür zur Sakristei halt. Sie war abgeschlossen. Nichts deutete darauf hin, dass hier irgendetwas nicht mit rechten Dingen zuging.

»Sollen wir nach dem Schlüssel schauen?«, wisperte Noah und deutete auf die Holzfigur.

Georg nickte. So leise und so vorsichtig wie möglich schlichen sie zu Simson hinüber und nahmen ihm den Arm ab. Noah hielt die Luft an, als das Holz unter seinen Händen knirschte.

Georg tastete in den Hohlraum. »Leer! Das gibt es doch nicht!«, entfuhr es ihm etwas zu laut.

»Der Dieb muss hier sein!« Noahs Herz machte einen Satz. In dieser Dunkelheit würden sie das Phantom unmöglich finden. Und wer weiß, vielleicht beobachtete die Person sie schon die ganze

Zeit? Dieser Gedanke jagte Noah einen Schauer über den Rücken.

»Wir teilen uns auf«, schlug Georg vor. »Sicherlich hält sich die Person irgendwo versteckt, vielleicht können wir sie aufstöbern.«

»Oder wir legen uns auf die Lauer«, schlug Noah vor. Er fröstelte. In der finsteren Kirche einen Dieb zu suchen, der womöglich auch noch bewaffnet sein könnte, hielt er für keine gute Idee.

»Das hat ja beim letzten Mal wunderbar funktioniert«, gab Georg zurück und steckte den Holzarm zurück in seine Halterung.

Irgendwo in der Kirche erklang ein dumpfer Ton, als hätte jemand einen Stein auf Holz fallen lassen. Noahs Nerven waren zum Zerreißen gespannt. Oder war es einfach das alte Gebälk, das hin und wieder knackte? Am liebsten wäre er schnurstracks aus der Kirche marschiert, aber diese Blöße wollte Noah sich vor Georg nicht geben. Er griff sich an den Nacken. War da gerade etwas von oben auf ihn herabgerieselt? Noah warf einen Blick hinauf zum Gewölbe. Doch in der Dunkelheit konnte er das Guckloch nicht ausmachen, es verschmolz mit der Deckenmalerei zu einem Muster aus Schatten.

»Komm!« Noah zog Georg aus dem Sichtfeld des Gucklochs. »Ich glaube, wir sollten auf dem Dachstuhl nachschauen«, flüsterte er.

Georg drehte sich um.

»Nicht hinschauen!«, warnte Noah leise. »Vielleicht können wir ihn überraschen.«

»Und wenn er da oben nicht ist?« Georg legte zweifelnd den Kopf zur Seite. »Wenn wir beide hochgehen, kriegen wir nicht mit, was hier unten passiert.«

Noah wand sich innerlich »Ich steige rauf und du machst hier unten ein paar Geräusche«, schlug er schließlich vor. »Nicht zu viel, sonst schöpft er Verdacht. Mal gegen eine Bank stoßen oder ...«

»Oder mal flüstern. Ja, kapiert!« Georg nickte eifrig.

Auch im Turmaufgang herrschte Dunkelheit. Nur am Stromkasten für die Funkantenne, die oben im Turm angebracht war, brannten einige kleine Lämpchen und durch die Fenster, die auf den Platz vor der Kirche hinausgingen, drang ein wenig Feuerschein. Aber der Turm war in Stockwerke eingeteilt und nur in jedem dritten zeigten die schmalen Fenster in diese Richtung. Noah wagte nicht, seine Handytaschenlampe einzuschalten. Wenn er nichts sehen konnte, dann konnte er auch nicht gesehen werden. Hoffte er. Mit einer Hand am Treppengeländer tastete er sich vorwärts. Welche der Türen, die hin und wieder vom Treppenaufgang abzweigten, führte überhaupt in den Dachstuhl? War der Dieb am Ende bereits über alle Berge? Oder lockte er sie gerade doch in eine Falle? Noah blieb stehen und drückte seinen Rücken gegen die Wand. Dieses Gefühl, jemand könnte ihn aus der Dunkelheit heraus beobachten ... Er atmete tief ein und aus, um sein rasendes Herz zu beruhigen. Wofür hatte Georg beim Pizzaessen in ihrer Küche gebetet? Für Bewahrung. Dafür, dass Gott auf sie aufpasste. Das konnten sie gerade gut gebrauchen. Noah biss sich auf die Unterlippe und hoffte, dass Gott auch dann auf sie aufpasste, wenn sie sich ein bisschen leichtsinnig in nicht ganz ungefährliche Situationen begeben hatten.

Die nächste Tür, die er erreichte, stand eine Handbreit offen. Noah spähte hindurch, konnte aber unmöglich etwas erkennen. Seufzend zog er das Handy hervor. Er brauchte ein klein bisschen Licht. Mit der Hand deckte er die Taschenlampe ab, sodass nur ein winziger Lichtstrahl durch seine Finger auf den Boden fiel. Vorsichtig leuchtete er hinter die Tür. Ein Holzsteg kam zum Vorschein und rechts davon konnte er etwas weiter unten die Gewölbe der Decke erahnen. Er war an der richtigen Stelle!

Schritt für Schritt schob er sich auf dem schmalen Holzsteg vorwärts. Er musste mächtig aufpassen, denn wenn er auch nur einmal danebentrat, könnte er in die Tiefe stürzen.

Dann kam der Übergang in den zweiten Dachteil. Hoffentlich war das Guckloch abgedeckt! Auch wenn es nur klein war, wollte er lieber nicht hineintreten. Schon allein die Vorstellung, zwanzig Meter über dem Boden halb in einem Loch zu baumeln und vielleicht mit dem Fuß festzustecken, während sich ein Krimineller in der Nähe herumtrieb, ließ ihn frösteln.

Der Dachboden lag totenstill da und jedes Kratzen seiner Schuhe auf dem Holzsteg kam Noah furchtbar laut vor.

Noah schlich einmal quer über das Gewölbe, doch nichts rührte sich. Am anderen Ende des Stegs war eine zweite Holztür, auch sie war offen. Vorsichtig ließ Noah erneut einen kleinen Lichtstrahl zwischen seinen Fingern hindurchscheinen. Eine abgetretene Wendeltreppe kam zum Vorschein, so schmal, dass eine große Person an beiden Seiten mit den Schultern gegen die Wand stoßen würde. Es gab einen zweiten Aufgang zum Dach! Warum hatte Jules ihnen nichts davon erzählt?

Angestrengt lauschte Noah in den Aufgang. Schlich der Dieb unter ihm gerade die Treppe hinunter? Doch nichts rührte sich. Er hielt die Luft an. Für einen kurzen Augenblick glaubte Noah, in seiner Nähe jemanden atmen zu hören. Adrenalin schoss durch seine Adern und vor seinem inneren Auge blitzte eine Erinnerung an den vergangenen Herbst auf: ein silbernes Auto, das ihnen den Weg versperrte. Vier Männer in dunkler Kleidung, die ihn und den Vater von Hannes und Ella zwangen, aus ihrem Wagen auszusteigen. Heftig schüttelte Noah den Kopf, um die gruseligen Bilder loszuwerden. Dann straffte er die Schultern. Auf welchen gefährlichen Blödsinn hatte er sich denn hier eingelassen? Er würde jetzt runtergehen und Georg sagen, dass er nicht weiter mit ihnen nach diesem Kapuzendieb suchen würde. Punkt, aus, Ende!

Noah war gerade drei Schritte auf dem Steg zurückgegangen, da sprang plötzlich die dunkle Gestalt aus dem Schatten unter der Dachschräge hervor und rannte Richtung Turm. Er schrie auf und schlug sich die Hände vor den Mund. Das Handy fiel ihm polternd aus der Hand und Taschenlampenlicht erhellte den Dachstuhl. Die Gestalt schlüpfte unter den Dachbalken hindurch, verschwand im Turm und warf die Tür hinter sich zu.

Ohne nachzudenken, schnappte Noah sein Handy und hastete zur Wendeltreppe. Die Stufen waren uneben und er musste den Kopf einziehen, um ihn sich nicht zu stoßen. Vielleicht würde er vor dem Phantom in der Kirche sein, er musste sich nur beeilen! Und wenn Georg seinen Schrei gehört hatte, war er bestimmt auch alarmiert. Das Licht der Handytaschenlampe tanzte über die Wände, während Noah die Stufen hinuntersprang. Bloß weg aus diesem finsteren Dachboden! Er flog nur so die Treppe hinunter, das hüpfende Licht und die endlosen Drehungen ließen ihn ganz schwindelig werden. Manche der ungleichen Stufen waren so hoch wie seine Unterschenkel und Noah musste sich an der Wand abstützen, um nicht den Halt zu verlieren. Wie weit war es noch bis in die Kirche? Seine Füße fanden auf einmal keinen festen Halt mehr, er rutschte über die glatte Kante einer Stufe und verlor das Gleichgewicht. Unsanft knallte Noah mit der Schulter gegen die Wand, ein stechender Schmerz fuhr ihm durch den Körper. Es war die Seite, gegen die er auch das Schultor bekommen hatte. Auf Knien rutschte er abwärts. Mit einer Hand umklammerte er sein Handy, mit der anderen suchte er verzweifelt nach Halt. Für einen kurzen Moment wurde ihm schwarz vor Augen, als sein Kopf gegen harten Stein knallte.

Benommen blinzelte Noah. Sein Sturz war von einer Wand gestoppt worden. Die Treppe war zu Ende. Doch dort, wo er eine Tür erwartet hatte, gab es nur grob behauene Feldsteine. Der Ausgang war an dieser Seite zugemauert. Eine Sackgasse.

Vorsichtig rappelte Noah sich auf und rieb seine Schläfen, um Schmerz und Schwindel zu verscheuchen. Das Handydisplay hatte einen Riss und seine Knie pochten. Probehalber griff er nach seiner brennenden Schulter. Sein Sweatshirt fühlte sich feucht an. Wie sollte er Dad bloß erklären, weshalb er schon wieder verletzt nach Hause kam? Irgendwie konnte er sich gerade nicht vorstellen, dass diese ganze Sache am Ende gut ausgehen würde.

»Oh Mann«, murmelte er, obwohl gar niemand ihn hören konnte. Oder doch? »Weißt du, Gott«, er drehte sein kaputtes Handy in den Händen hin und her, »ich komme mir ganz schön blöd vor. Als hätte ich einen Weg genommen, der nirgends hinführt.« Wie zur Bestätigung klopfte er gegen die Steine der zugemauerten Tür. »Eigentlich wollte ich nur helfen. Na ja, und vielleicht dazugehören. Und jetzt wünsche ich mir nur noch, dass sich die ganze Sache einfach löst. Und vor allem, dass sie gut ausgeht.«

Für einen Moment lauschte Noah. Dann schüttelte er den Kopf. Er würde ganz sicher nicht einfach so eine Antwort von Gott bekommen. Und manchmal waren Gottes Antworten auf Gebete auch ganz anders, als man sich das vorstellte. Das hatte Noah ja schon mal erlebt, in der dunklen U-Bahn.

Mühsam erklomm Noah die Wendeltreppe wieder. Gerade war ihm reichlich egal, dass der Dieb ihm entwischt war. Er wollte nur noch nach Hause.

Die Treppe, die er eben in kurzer Zeit hinuntergerannt war, kam ihm jetzt endlos vor. Er sah nicht nach links und rechts, als er den Holzsteg über dem Gewölbe erreichte. Und er machte sich auch nicht die Mühe, besonders leise und unauffällig zu sein.

Im Turm fiel kaum noch Licht vom Platz durch die Fenster, wahrscheinlich waren inzwischen alle Äste verbrannt und alle Würstchen aufgegessen.

Endlich war Noah wieder im Kirchenschiff. Er leuchtete suchend umher. Da! Georg stand mit verschränkten Armen vor der Holzfigur, vor ihm lehnte jemand an einer der Kirchenbänke – eine Gestalt in einem dunklen Kapuzenpullover! Hatte Georg den Kerl tatsächlich erwischt?

»Wo hast du gesteckt?«, fragte Georg besorgt, als Noah durch den Mittelgang auf ihn zu humpelte. »Ist alles in Ordnung?«

»Geht schon«, murmelte Noah. »Bin die Treppe runtergefallen.«

Die Gestalt drehte sich um und schob sich die Kapuze vom Kopf. »Entschuldige, dass ich dich erschreckt hab. Ich hoffe, du bist nicht verletzt?«

Es war Jules.

Eine heiße Spur

»Ihr müsst mir das glauben!« Jules vergrub ihr Gesicht in beiden Händen. »Da war noch jemand in der Kirche an dem Abend.«

»Ja, wir«, antwortete Georg. Sie saßen im Kaninchenstall und die Stimmung zwischen ihnen war angespannt.

Jules schüttelte den Kopf. »Nein, *bevor* ihr gekommen seid. Deshalb bin ich ja überhaupt erst reingegangen.«

Konsti angelte sich ein Stück Schokolade vom Tisch. »Warum warst du überhaupt da? Du hast doch vorher noch gesagt, dass du nicht zum Weihnachtsbaum-Verbrennen kommst.«

»Ich frage mich, ob diese Sache der Grund ist,

warum man mit einer Säge in die Kirche geht?«, murmelte Noah, lehnte sich auf dem Sofa zurück und verschränkte die Hände hinter dem Kopf. Schmerzerfüllt zuckte er zusammen. Für einen Moment hatte er seine lädierte Schulter vergessen.

Jules schien seine Frage überhört zu haben.

»Also, warum warst du da?«, bohrte Konsti nach.

Jules antwortete nicht gleich. »Ich hatte keine Lust, zu Hause rumzusitzen«, erklärte sie schließlich. »Und genauso wenig, fröhlich zu feiern. Deshalb hab ich mich einfach an den Rand gesetzt und Leute beobachtet.«

»Und da kam, wie durch Zufall, der Kapuzendieb vorbei und ist direkt in die Kirche gegangen«, fügte Konsti hinzu, aber an seiner Stimme konnte man hören, dass er das selbst nicht glaubte.

»Genau so war es!«, rief Jules aufgebracht. »Er tauchte an der Seitentür auf, kurz nachdem Lea diesen Erstickungsanfall hatte.«

Georg und Henri wechselten einen kurzen Blick.

»Ihr glaubt es mir ja eh nicht.« Jules rieb sich die Schläfen. »Dann kann ich ja auch gehen.«

Noah atmete tief ein und aus. »Warte!« Er rutschte auf die Kante des Sofas.

Jules hatte die Klinke der Tür schon in der Hand, drehte sich aber noch einmal um.

Die anderen drei sahen ihn erwartungsvoll an.

»Was hast du denn beobachtet?«

Jules nahm die Hand von der Tür. »Nichts«, antwortete sie schulterzuckend. »Nicht wirklich. Als ich in die Kirche kam, war der Dieb verschwunden. Deshalb bin ich rauf zum Dach, weil ich gehofft hatte, ihn von oben beobachten zu können.«

»Nein.« Noah schüttelte den Kopf.

»Doch! Du warst doch da, *du* müsstest es am besten wissen, dass ich oben unter dem Dach war!«

»Nein, das meinte ich nicht.« Beruhigend hob Noah die Hände. Sein Gefühl sagte ihm, dass sie irgendetwas übersehen hatten. »Was hast du *vorher* beobachtet?«

Jules kaute auf ihrer Unterlippe. »Ich hab eine Vermutung, wer der Dieb sein könnte«, antwortete sie schließlich.

»Ja?« Georg nickte ihr auffordernd zu.

Jules schien zu zögern, schaute nur mit zur Seite geneigtem Kopf von einem zum anderen. »Ich glaube, es ist Roman.«

»Das ist doch Schwachsinn!« Diesmal war es Henri, die wütend aufsprang. »Roman hat Lea das Leben gerettet und alle haben es gesehen! Wieso sollte er drei Minuten später in die Kirche spazieren und irgendwelche Schätze klauen?« Sie rauschte an Jules vorbei Richtung Tür. »Weißt du, was ich inzwischen glaube?«, fuhr sie ihre Freundin giftig an. »Du willst nur von deinem Vater ablenken. Ganz ehrlich, mir wird das zu blöd. Ich bin raus!« Henri stürmte aus dem Kaninchenstall und schlug die Tür hinter sich zu.

»Wollt ihr auch noch was dazu sagen?«, fragte Jules und kämpfte hörbar mit den Tränen.

Noah schielte zu den anderen hinüber, doch keiner reagierte. Vielleicht war es doch keine so gute Idee gewesen, Jules aufzuhalten. Damit hatte er alles nur noch schlimmer gemacht.

In der entstandenen Stille hörte man das Vibrieren eines Handys. Georg wühlte in seinem Rucksack und nahm das Gespräch entgegen. Noah saß so nahe bei ihm, dass er die Stimme am anderen Ende verstehen konnte.

»Georg?« Es war eine Frau. »Ist Jules bei dir? Kannst du sie bitte nach Hause bringen? Die Polizei ist hier. Die Frist zur Rückgabe des Schatzes ist abgelaufen und nun haben sie Thees verhaftet.«

★ ★ ★

Vor dem Pfarrhaus hatte sich eine kleine Gruppe Menschen mit Kameras und Diktiergeräten eingefunden.

»Oha«, entfuhr es Konsti, der an Noahs Seite Richtung Haustür humpelte. »Die Presse ist auch schon da.«

»Der Pfarrer gibt eine Pressekonferenz?« Noah deutete so unauffällig wie möglich auf einen Mann, den die Journalisten umringten.

»Pfarrer Peters«, murmelte Konsti mit zusammengebissenen Zähnen. »Sieht ihm ähnlich.«

Sie wagten sich gerade nah genug heran, um zu verstehen, was gesprochen wurde.

»In den letzten Wochen hat in der Kirche ein Dieb sein Unwesen getrieben.« Pfarrer Peters schaute in die Runde. »Dabei sind einige bedeutende Kunstschätze verschwunden.«

»Was fehlt genau?«, wollte ein Mann mit Halbglatze und runder Brille wissen.

»Nun, die Ermittlungen dauern noch an«, antwortete der Pfarrer ausweichend.

»Stimmt es, dass der goldene Abendmahlskelch des Grafen von Brandenburg von 1314 gestohlen wurde?«, fragte eine Frau mit langen blonden Haaren dazwischen.

Pfarrer Peters seufzte. »Ich fürchte, es ist so.«

»Welchen Wert hat dieser Kelch?«

Der Pfarrer schüttelte den Kopf. »Der Wert ist nicht zu schätzen. Natürlich haben das Gold und die Edelsteine einen enormen Sachwert, aber so ein Stück ist unersetzlich. Die Bedeutung dieses Diebstahls ist immens!«

»Was fehlt denn noch?«, bohrte ein dritter Journalist nach.

»Zwei silberne Kerzenständer und ein kleineres Ölgemälde, das demnächst restauriert werden sollte.« Jetzt kam Pfarrer Peters doch ein wenig ins Plaudern. Er räusperte sich. »Seit heute Morgen wird außerdem ein Reliquiengefäß vermisst. Es enthält der Legende nach einen Splitter vom Kreuz Christi aus der Zeit der Kreuzritter.«

Ein Flüstern und Raunen ging durch die Gruppe der Journalisten.

»Was soll das sein?«, fragte Noah flüsternd.

Konsti winkte ab. »Erklär ich dir gleich.«

Gerade hatte jemand die Frage nach einem Verdächtigen gestellt.

Pfarrer Peters schien die Neugier unangenehm zu werden. »Ich kann nur sagen, dass es heute zu einer Festnahme gekommen ist.« Er wandte sich zum Gehen.

»Wieso wurde die Polizei erst jetzt eingeschaltet?«

Der Pfarrer holte tief Luft. »Wir wollten dem Dieb die Chance geben, die gestohlenen Schätze ohne großes Aufsehen zurückzugeben. Leider ist die Frist inzwischen verstrichen und die Schätze sind nicht wieder aufgetaucht. Außerdem sollten interne Ermittlungen ausschließen, dass einer unserer Mitarbeiter der Dieb –«

»Haben Sie etwas zu verbergen?«

»Ist ein Teil des Schatzes schon woanders aufgetaucht? Versucht jemand, ihn zu verkaufen?«

»Gibt es ein Motiv?«

»Will jemand die Kirche erpressen?«

Die Leute riefen durcheinander und versuchten, den Pfarrer zum Bleiben zu bewegen.

»Nein. Also ...« Er kniff die Augen zusammen und schaute über die Köpfe der Journalisten hinweg in Noahs und Konstis Richtung. »Wer weiß. Vielleicht möchte jemand der Kirche schaden.« Er nickte den Leuten zu und verschwand im Pfarrhaus.

Als die Journalisten sich zerstreut hatten, bogen Konsti und Noah um die Hausecke.

»Was hältst du davon?«, fragte Noah.

»Von dem Reliquien-Ding? Ich weiß nicht.« Konsti zuckte mit den Schultern. »Ich kann damit nichts anfangen, wirkt auf mich manchmal wie Aberglaube.«

Noah hatte eigentlich die Pressekonferenz gemeint, aber er ließ Konsti weiterreden.

»Weißt du was? Früher haben die Menschen geglaubt, so eine Reliquie, also irgendein besonderer Gegenstand, der mit einem Heiligen oder dem Christentum an sich in Verbindung gebracht wurde, schütze einen Ort oder ein Haus. Dass dieser Gegenstand sozusagen Wunder tun könnte.«

»Klingt irgendwie schräg«, erwiderte Noah vorsichtig.

»Ja, finde ich auch schräg«, pflichtete Konsti ihm bei. »Wie gesagt, in meinen Augen ist es Aberglaube, dass ein Gegenstand uns vor Unheil schützen könnte. Nur wenn so was dann gestohlen wird, hat das für manche Menschen vielleicht doch noch eine besondere Bedeutung.«

»Meinst du, sie kriegen Angst, dass die Stadt jetzt nicht mehr geschützt wird oder so?«

Konsti zuckte mit den Schultern. »Keine Ahnung, kann schon sein. Vor allem, falls die Presse das jetzt aufbauscht. Also Pfarrer Peters glaubt das nicht, da bin ich mir sicher. Ihm geht es vor allem um die Kunstschätze. Und natürlich um diese krasse Vermutung, dass ein eigener Mitarbeiter das Vertrauen missbraucht hat ...«

»Glaubst du das?«

»Dass ein Gegenstand uns schützt? Nein. Natürlich wünsche ich mir auch, dass wir bewahrt bleiben und nichts Schlimmes passiert. Grundsätzlich. Aber dafür bete ich nicht zu einem toten Gegenstand. Dafür bete ich zu Gott und den halte ich für sehr lebendig!«

Noah nickte langsam, gerade kam ihn eine Erinnerung an die dunklen U-Bahn-Schächte in Berlin, durch die er mit seinem Freund Hannes während des großen Stromausfalls geirrt war. Da hatte Hannes auch für Bewahrung gebetet und sie hatten tatsächlich Hilfe bekommen. Zwar ganz anders als erhofft, aber Noah war sich sicher, dass Gott dort das Gebet von Hannes erhört hatte.

»Und glaubst du, dass Thees tatsächlich versuchen wollte, die Schätze zu Geld zu machen?«

Konsti zog die Augenbrauen hoch. »Kann ich mir beim besten Willen nicht vorstellen«, erwiderte er nachdenklich. »Aber möglich ist alles.«

★ ★ ★

Der Rest des Samstags war beinahe verstrichen, als Konsti plötzlich vor Noahs Wohnungstür stand.

»Ich bin da an was dran.« Ohne zu fragen, ob er reinkommen könne, drängte er sich an Noah vorbei in die Wohnung. »Oder besser gesagt, meine Schwester.«

»Hä?« Konsti steuerte Richtung Küche, doch Noah war schneller und versperrte ihm den Weg. »Nicht hier!« Er schaute den Jungen durchdringend an und senkte die Stimme. »Nicht wenn mein Dad zu Hause ist.«

Konsti zuckte mit den Schultern und machte auf dem Absatz kehrt. »Dann gehen wir eben direkt zur Feuerwache.«

Noah warf sich seine Jacke über die Schulter und schielte Richtung Küchentür. Dad schien nichts mitbekommen zu haben.

»Dad?«, rief Noah trotzdem in den Flur.

»Ja?« In der Küche wurde ein Stuhl gerückt.

»Nichts weiter«, antwortete Noah hastig. »Wollte nur sagen, dass ich noch mal draußen bin.«

Sein Vater steckte den Kopf zur Tür heraus. »Ich wollte sowieso noch mit dir reden.«

Noah zog die Stirn in Falten, Dad musterte ihn kurz und winkte dann ab. »Aber das hat Zeit.«

Noah sprintete hinter Konsti her, der die Straße Richtung Feuerwache schon halb hinuntergegangen war.

»Was hast du vor?«, fragte er atemlos, als er ihn eingeholt hatte.

»Ich bin da an etwas dran«, wiederholte Konsti geheimnisvoll.

Noah blieb stehen. »Geht es auch ein bisschen genauer?«

Doch Konsti reagierte gar nicht, er ging einfach schnurstracks weiter. Als er merkte, dass Noah ihm nicht mehr folgte, drehte er sich schließlich um. »Ich will noch eine Sache für Jules tun.« Er hob den Zeigefinger seiner linken Hand. »Wenn die Polizei Thees unter die Lupe nimmt, dann werde ich Roman unter die Lupe nehmen.«

Noah seufzte und schloss zu Konsti auf.

»Für Jules?«, fragte dieser.

»Ja, okay«, antwortete Noah. »Für Jules.«

»Ich hab nachgedacht«, erklärte Konsti. »Die Person, die uns aus der Sakristei befreit hat, trug eine Feuerwehruniform. Entweder, die Uniform war geliehen oder gestohlen ...«

»... oder es war ein Feuerwehrmann«, vollendete Noah den Satz. »Wie Roman.«

Konsti nickte zustimmend. »Aber eben nur *einer*. Seit wann schickt denn die Feuerwehr zu einem Einsatz nur einen einzigen Feuerwehrmann?«

Auf dem Hof der Wache trainierte gerade die Jugendfeuerwehr. Auch Konstis Schwester war unter ihnen, Noah erkannte sie, als sie ihrem Bruder zuzwinkerte. Die Ähnlichkeit der Geschwister war verblüffend.

»Bleib hier«, raunte Konsti.

»Wieso? Wie ist dein Plan?«

»Erklär ich dir später.«

Noah fragte nicht weiter nach. Konsti war ein Meister darin, Leute für sich zu gewinnen.

»Wenn der Leiter der Jugendfeuerwehr ins Gebäude gehen will, dann verwickle ihn in ein Gespräch«, wies er Noah noch an.

»Äh, was soll ich denn ...?« Doch Konsti war schon verschwunden.

Noah beobachtete eine Weile, wie die Jugendlichen übten, Schläuche auszurollen und an die

Löschfahrzeuge anzuschließen, als plötzlich jemand von hinten neben ihn trat.

»Hi!« Es war Roman.

Adrenalin jagte durch Noahs Adern. Wo kam der plötzlich her? War er die ganze Zeit schon in der Nähe gewesen? Wusste er womöglich schon lange, dass sie ihm auf den Fersen waren? Hatte er Konsti ins Gebäude gehen sehen? Noah schluckte den Kloß in seinem Hals hinunter und versuchte, sich nichts anmerken zu lassen.

»Hast du auch Lust, zur Jugendfeuerwehr zu kommen?«, fragte der junge Mann.

Noah zuckte mit den Schultern. »Vielleicht«, antwortete er ausweichend. »Ich war gerade in der Nähe und dachte mir, ich guck mal ein bisschen zu.«

»Magst du dir die Feuerwache anschauen?« Roman deutete zur Tür, durch die Konsti eben verschwunden war.

Verstohlen wischte Noah sich die schweißnassen Hände an der Hose ab. »Ich, äh ...«

»Dauert auch nicht lange. So groß ist die Wache ja auch nicht.« Roman ging geradewegs zur Tür. »Du kommst aus Berlin, richtig?«

Noah nickte bloß. »Ja«, schob er nach, als ihm klar wurde, dass Roman ihn ja gar nicht angesehen hatte.

»Dort gibt es ja eine Berufsfeuerwehr«, plauderte Roman weiter, während er Noah die Tür aufhielt. »Die ist natürlich viel besser ausgerüstet als wir.«

Noah überlegte fieberhaft. Was genau könnte Konsti hier suchen? Wohin konnte er mit Roman gehen, ohne dass sein Freund aufflog? Für einen Moment ärgerte Noah sich über Konstis Heimlichtuerei, aber das half ihm jetzt auch nicht weiter.

Roman durchquerte den Flur. An dessen Ende war eine Tür angelehnt. *Büro* stand auf einem Schild.

»Können wir die Fahrzeuge anschauen?«, fragte Noah laut.

Roman drehte sich um. »Die stehen doch auf dem Hof. Hast du sie nicht gesehen?« Er deutete zur Tür hinaus, durch die sie eben gekommen waren.

»Doch.« Noah wand sich innerlich. Hinter

Roman drückte jemand lautlos die Bürotür ins Schloss.

»Aber ich würde gern sehen, wo sie *normalerweise* stehen. Und ihr habt in der Halle auch noch ein ganz altes Feuerwehrauto stehen, oder?«

»Ja. Wir nennen sie die ›Alte Else‹.« Roman kam zurück und öffnete eine Tür ganz vorn im Flur. Dahinter lag die Fahrzeughalle. Die Rolltore standen offen und gaben den Blick auf den Hof frei, wo die Jugendfeuerwehr immer noch zugange war.

Roman erklärte Noah den Mechanismus der Tore und die Abläufe bei einem Einsatz, aber er hörte nicht richtig zu. Was, wenn irgendjemand anders im Büro und Konsti doch hier in der Halle war?

»… und hier sind unsere Spinde mit der Feuerwehrkleidung.« Roman öffnete mit Schwung einen schmalen Metallschrank, der mit bestimmt zwanzig anderen an der Rückwand der Halle aufgereiht war. Durch den Luftzug segelte eine Handvoll Zettel aus dem Spind vor ihre Füße.

»Oh Mann, ich muss mal wieder aufräumen!« Roman bückte sich und klaubte die Zettel zusammen.

Noah half ihm. Es waren vor allem Kassenbons und Parktickets.

»Ich hab nur meine Hosentaschen geleert und einfach alles in den Spind gestopft«, erklärte Roman entschuldigend, als Noah ihm die Zettel, die er aufgehoben hatte, reichen wollte. Wie zum Beweis griff er in die Tasche seiner Jeans und zog zwei weitere zerknitterte Zettel hervor. Einer davon war eine Fahrkarte aus einem Ticketautomaten der Bahn. Er drückte sie Noah in die Hand. »Wirf das einfach dort in den Papierkorb«, meinte er und deutete Richtung Hof.

»Kein Problem.« Im Augenwinkel sah Noah, dass Konsti wie selbstverständlich durch die Halle auf sie zuschlenderte. »Soll ich die anderen gleich mit wegwerfen?«

Roman gab ihm den restlichen Papiermüll und streckte dann die Hand aus, um Konsti zu begrüßen. »Na, wolltest du deiner Schwester beim Arbeiten zuschauen?«

Konsti grinste. »Klar, immer.«

Noah durchquerte die Halle und warf die Zettel in den Papiermüll. Alle, bis auf das Zugticket.

Unauffällig steckte er es ein. Es stammte von dem Tag, an dem sie den Dieb zum ersten Mal in der Kirche beobachtet hatten und später von ihm in der Sakristei eingeschlossen worden waren.

Konsti humpelte an ihm vorbei ins Freie. »Das war knapp«, zischte er.

»'tschuldigung«, erwiderte Noah. »Er tauchte plötzlich auf, keine Ahnung, woher er kam. Und ...«

Konsti winkte ab und überquerte den Hof, ohne sich noch einmal nach den Jugendlichen umzusehen.

»Bis bald mal wieder!«, rief Roman ihnen nach.

Noah drehte sich kurz zu ihm um und streckte einen Daumen in die Höhe.

Außer Sichtweite der Feuerwache blieb Konsti stehen und zog sein Tablet aus dem Rucksack.

»Ich hab was gefunden«, platzte es aus Noah heraus.

»Ich auch.« Konsti schaltete das Tablet ein.

»Okay, du zuerst«, forderte Noah ihn auf.

Konsti tippte etwas, dann erschien auf dem Display eine Datei. Er drehte das Gerät so, dass Noah sie lesen konnte. Es war der Einsatzbericht von eben diesem Tag im Februar. Eine Anzahl von Einsätzen war aufgelistet: 07:26 Uhr *Ölspur auf der B188*, 11:53 Uhr *Fehlalarm Feuermelder im Altenheim*, 16:08 Uhr *Mülltonnenbrand an der Berufsschule*.

»Fällt dir was auf?«, fragte Konsti.

»Irgendwie nicht.« Noah fuhr sich durch die Locken. »Wo hast du das her?«

»Vom Rechner im Büro runtergeladen«, bemerkte Konsti beiläufig. »Und?«

»Was, und?«

»Kein Einsatz in der Kirche«, antwortete Konsti triumphierend und tippte wie zum Beweis auf das Display. »Dein Dad hatte dir doch erzählt, der Feuerwehrmann hätte behauptet, er wäre aufgrund des Feueralarms in die Kirche gekommen. Die Brandmeldeanlage ist nicht mit der Feuerwehr verbunden. Wenn man sie alarmieren will, muss man den Notruf wählen und dann würde der Einsatz bei der Notrufzentrale aufgenommen und dokumentiert werden. Falls es Roman war, dann hat er gelogen.«

»Das stimmt schon.« Noah zog das Ticket aus seiner Jackentasche. »Aber wir waren anderthalb

Stunden in der Sakristei eingesperrt, bevor er kam. Als wir den Dieb in der Kirche beobachtet haben, war Roman mit dem Zug von Hannover nach Magdeburg unterwegs.« Er hielt ihm die Fahrkarte hin.

Konstis Lächeln erstarb. »Na toll. Dann wissen wir nicht wirklich was Neues.«

Noah seufzte. »Irgendwie nicht und irgendwie doch. Aber eins weiß ich mit Sicherheit: So, wie wir heute im Kaninchenstall auseinandergegangen sind, darf es nicht enden.«

* * *

Noah vergrub seine geballten Fäuste in den Taschen seines Kapuzenpullovers und starrte auf die kleine Küchenzeile. Vielleicht war jetzt der Zeitpunkt gekommen, an dem sie sich eingestehen mussten, dass sie die ganze Situation vor die Wand gefahren hatten. Vielleicht hatte Jules recht und Roman hing in der ganzen Sache mit drin. Vielleicht waren sie aber auch völlig auf dem Holzweg. Die Polizei hatte Thees wieder gehen lassen, vorübergehend. Bis es genug Beweise gegen ihn gab.

Verstohlen sah Noah sich um. Jules hatte sich ihren Rollkragen bis unter die Nasenspitze gezogen. Georg starrte auf sein Handy, doch durch die Spiegelung in der Fensterscheibe konnte Noah sehen, dass das Display überhaupt nicht eingeschaltet war. Henri spielte gedankenverloren mit einer Strähne ihrer langen Haare. Und selbst Konsti, der sonst nie um einen Spruch oder Witz verlegen war, nippte nur ab und zu schweigend an seinem Wasserglas.

Wenn die Lage nicht so ernst gewesen wäre, hätte Noah laut losgelacht. Sie gaben bestimmt eine gute Trauergemeinschaft ab.

Ohne anzuklopfen, schlurfte Dad in die Küche.

Jules nahm ihre Beine vom letzten freien Stuhl und Dad ließ sich darauffallen. Er schaute mit gerunzelter Stirn in die Runde. Als sich ihre Blicke trafen, schaute Noah rasch zur Seite.

»Was habt ihr?«, fragte Dad und nahm sich die Brille von der Nase.

»Nichts«, brummte Noah. »Wir sind nur ...

müde.« Das war noch nicht mal gelogen. Sie waren tatsächlich müde, streitmüde, ermittlungsmüde.

»Nein.« Dad putzte die Brillengläser mit seinem T-Shirt. »Das meine ich nicht. Was habt ihr *herausgefunden*?«

Noah klappte überrascht den Mund auf, sagte aber nichts. Henri und Georg warfen ihm einen irritierten Blick zu.

»Wie meinst du das?«, fragte Noah und versuchte, betont gelassen zu klingen.

Dad lachte. »Denkst du, bloß, weil ich nicht in meinem Büro in Berlin sitze, verliere ich meinen Spürsinn?« Er setzte sich die Brille wieder auf. »Ich merke doch, dass hier was am Laufen ist. Etwas, wofür ihr einen Ermittler gebrauchen könntet.«

Jules hob den Kopf und funkelte Noah an.

Der hob protestierend die Hände. »Ich hab nichts gesagt, ehrlich!« Dann warf er seinem Dad einen Hilfe suchenden Blick zu. »Und deine Tarnung?«, fragte er lautlos.

Sein Vater machte nur eine abwehrende Handbewegung und beugte sich auf seinem Stuhl nach vorn. »Also, wie ist der Stand?«

Noah räusperte sich. »Also, was mein Dad sagen will –«

»Was ich sagen will«, unterbrach Dad ihn, »ist, ich bin Kriminalhauptkommissar. Und schon als ihr hier zum ersten Mal aufgetaucht seid und euch zum Pizzaessen eingeladen habt, war mir klar, dass hier irgendwas läuft.«

»Dann hast du also Papa die Polizei auf den Hals gehetzt?« Wütend sprang Jules auf und fuchtelte mit dem Finger in Noahs Richtung.

»Nein, nein, nein.« Behutsam legte Dad ihr seine Hand auf die Schulter und drückte sie zurück auf die Eckbank. »Niemand von uns hat deinem Vater irgendwen auf den Hals gehetzt. Noah hat recht, von ihm weiß ich nichts. Ihr habt euch einfach nur zu auffällig verhalten. Für einen Kriminalpolizisten.«

»Warum hast du uns das nie erzählt?«, raunte Konsti Noah zu.

»Weil …«, setzte Noah an und brach ab, als vor seinem inneren Auge der Entführer auftauchte, mit dem Handy in der Hand und Dads erschrockenem Gesicht auf dem Display. »Eine lange Geschichte. Es ist kompliziert.«

»Wir haben Zeit«, seufzte Henri.

»Nein, haben wir nicht! Wir sollten die Zeit nutzen, um Papa zu helfen!«, warf Jules trotzig dazwischen.

»Also, was habt ihr?«, wiederholte Dad seine Ausgangsfrage.

Erst zögerlich, dann immer angeregter erzählten sie von ihren bisherigen Ergebnissen. Vom Schatz in der Holzvertäfelung, der ganzen Wahrheit über den Zwischenfall, als der Dieb sie in der Sakristei eingeschlossen hatte, dem Schlüsselversteck in Simsons Arm und Konstis Erkenntnis, dass es keinen offiziellen Einsatz der Feuerwehr gegeben hatte. Vom Vorwurf, dass Thees den Schatz verkaufen könnte, um seine Schulden zu bezahlen, und von Romans Alibi.

Dad hörte aufmerksam zu, stellte hin und wieder eine Verständnisfrage und machte sich ein paar Notizen auf der Rückseite eines Einkaufszettels. »Und was glaubt ihr?«, fragte er schließlich in die Runde.

Noah zog die Augenbrauen hoch. »Seit wann will die Polizei unsere Meinung wissen?«

»Ich bin nicht *die Polizei*«, gab Dad gelassen zurück. »Ich versuche nur herauszufinden, ob ihr bei euren Nachforschungen voreingenommen wart.«

»Ich bin nicht ...«, platzte es aus Jules heraus, doch sie brachte den Satz nicht zu Ende. »Es war Roman, hundertprozentig!«

Konsti und Georg wechselten einen Blick.

»Ehrlich gesagt weiß ich nicht mehr so richtig, was ich glauben soll«, sagte Georg schließlich und starrte auf die Tischdecke. »Ich meine, wir können doch den Leuten nicht in den Kopf gucken. Gleichzeitig möchte ich niemanden falsch verdächtigen.« Er schielte zu Jules hinüber. »Und was, wenn es doch Thees war?«

Ihre Augen weiteten sich und begannen verdächtig zu glänzen. »Mein Vater ist nicht der Dieb!«, rief sie mit erstickter Stimme und schlug mit der flachen Hand auf den Tisch.

Die peinliche Stille, die folgte, war Noah noch unangenehmer als ihr Schweigen am Anfang. Er rutschte auf seinem Platz hin und her, doch eingezwängt zwischen Georg und Henri konnte er auch nicht einfach aufstehen und gehen.

»Roman hat also ein Alibi«, fuhr Dad schließlich fort.

Konsti nickte eifrig und zog die Fahrkarte hervor. »Ganz genau. Die hier hatte er in seiner Hosentasche und wollte sie wegwerfen. Er hat jede Menge Papierkram aus seinem Spind auf der Feuerwache ensorgt.«

»So?«, fragte Dad beiläufig und hielt die Fahrkarte gegen das Licht. »Interessant.«

Noah rutschte an die Kante der Sitzbank. Diese Art zu sprechen kannte er von Dad nur zu gut. Meistens redete er so, wenn er irgendetwas Spannendes zu erzählen hatte. »Was hast du denn herausgefunden?«, fragte er und konnte die Aufregung in seiner Stimme kaum unterdrücken.

Dad lächelte. »Wusstet ihr, dass es in den Flugzeugen der Lufthansa keine Reihe 13 gibt?«

Noah biss sich auf die Zunge, um Dad nicht zu unterbrechen. Was hatte denn die Fluggesellschaft mit Romans Alibi zu tun?

»Warum nicht?«, fragte Henri.

»Weil Menschen abergläubisch sind«, antwortete Konsti vorsichtig. »Oder?«

»Genau.« Dad nickte. »Die Zahl dreizehn gilt für viele als Unglückszahl.«

»Deshalb fürchten sich auch manche Leute vor Freitag, den 13.«, warf Georg ein.

»Worauf willst du hinaus?«, drängte Noah.

Dad drehte die Fahrkarte so, dass alle sie lesen konnten.

ICE 876 Hannover – Magdeburg, Wagen 13 Platz 54.

»Bei der Deutschen Bahn gibt es, genau wie bei der Lufthansa, keinen Wagen mit der Nummer 13.«

Noah brauchte einen kurzen Moment, um zu verstehen, was Dad damit sagen wollte. Dann schlug er sich die Hände vor den Mund. »Das Ticket ist eine Fälschung.«

Feuer!

Es war noch dunkel, als der ICE langsam den Bahnhof verließ. Ella umfasste die Schultergurte ihres Rucksacks und schaute sich um. Eine knappe Stunde westlich von Berlin waren sie aus dem Zug gestiegen. Sie hatten einen Tag Zeit.

»Ein ganzer Tag!«, hatte Hannes gesagt und mit den Zugfahrkarten gewedelt.

»Nur ein Tag«, hatte Ella erwidert. Trotzdem war sie mitgefahren. Nach fünf Monaten bangen und hoffen und rätseln mussten sie einfach etwas dafür tun, um Noah wiederzusehen. Und wenn es zielloses Herumlaufen in irgendeiner Kleinstadt war, die gerade mal zwanzigtausend Einwohner hatte – verteilt auf einer Fläche doppelt so groß wie München.

»Der Zug fährt auf Gleis sieben«, verkündete Hannes.

Suchend schaute Ella sich um. Dieser Bahnhof bestand aus drei überdachten Bahnsteigen, die geschwungenen Metallpfeiler sahen eigentlich ganz hübsch aus, genau wie das große Bahnhofs-gebäude aus rotem Backstein. Am Durchgang zur Bahnhofshalle stand ein fahrbarer Grill, auf dem Würstchen brutzelten, und vom nahe gelegenen Bäcker wehte der Duft von Kaffee und frischen Brötchen herüber.

»Haben wir noch Zeit?«

Hannes warf einen Blick auf seine Armbanduhr. »Zehn Minuten.«

Ella sprintete durch die Unterführung und dem Brötchenduft hinterher in die Bäckerei. In Sach-sen-Anhalt war heute, anders als in Berlin, kein Feiertag. Die Schlange von müden Pendlern, die für einen Kaffee anstanden, war ziemlich lang.

»Nicht dass es knapp wird«, meinte Hannes be-sorgt, der ihr nachgelaufen war.

Über der Theke hing eine große Uhr. Noch acht Minuten.

»Müsliriegel zum Frühstück machen aber auch nicht lange satt«, erwiderte Ella.

Als sie heute Morgen aufgebrochen waren, hatten Mama und Papa noch geschlafen. Sie wollten ihren freien Tag genießen und nicht mit ihnen in der Altmark nach Noah suchen. Um sie nicht zu wecken, hatten Ella und Hannes sich nur vier Müsliriegel mitgenommen. Jetzt verlangte Ellas Magen nach einem richtigen Frühstück.

Die Schlange vor der Brötchentheke rückte vorwärts.

Der Mann vor ihnen suchte nach seinem Geldbeutel. »Ich hatte ihn gerade noch«, murmelte er, während er mit einer Hand Kaffee und Brötchentüte balancierte und mit der anderen seine Aktentasche durchwühlte.

»Vielleicht in der Jacke?«, fragte die Verkäuferin freundlich.

Umständlich wechselte der Mann Kaffee und Brötchen von einer in die andere Hand.

»Noch fünf Minuten«, murmelte Hannes nervös und trat von einem Fuß auf den anderen.

»Wir sind ja gleich dran.« Ella hatte schon einen

Geldschein in der Hand, damit es bei ihnen gleich schnell gehen würde.

Der Mann suchte noch immer. Weder in der Jacke noch in seinem Anzug darunter war der Geldbeutel zu finden. »Bedienen Sie doch schon mal weiter«, meinte er und trat einen Schritt zur Seite.

Ella holte Luft, doch die Kassiererin schüttelte den Kopf. »Das ist leider nicht möglich, ich muss Ihren Kauf erst beenden, bevor ich neue Produkte einbuchen kann.«

Noch vier Minuten.

»Ist das vielleicht Ihr Geldbeutel?«, fragte Hannes und deutete auf den Tresen, wo ein schwarzes Portemonnaie aus Leder lag. Ein Werbeschild für ein Kuchen-Sonderangebot verdeckte ihn, sodass die Verkäuferin ihn nicht sehen konnte.

»Ja, natürlich!« Der Mann schlug sich mit der flachen Hand gegen die Stirn. »Es ist wohl noch zu früh am Morgen. Danke!«

Hannes nickte bloß. »Wir müssen noch bis auf Gleis sieben!«, drängte er leise.

Unaufhörlich tickte der Zeiger der Uhr vorwärts.

»Zwei belegte Brötchen mit Käse!« Wie aus der Pistole geschossen gab Ella ihre Bestellung auf, als die Verkäuferin sich ihnen zuwandte.

»Zum Mitnehmen?«

»Ja!«, riefen Ella und Hannes gleichzeitig.

»Können beide in eine –?«

»Eine Tüte, klar!« Ella legte das Geld abgezählt auf den Tresen. »Danke!«

»Ich geh schon vor«, meinte Hannes.

Noch zwei Minuten. Ella schnappte die Brötchentüte und rannte hinter ihrem Bruder her zurück auf die Gleise. Abrupt blieb Hannes stehen, so schnell konnte Ella nicht bremsen und trat ihm von hinten gegen den Schuh.

»Pass doch auf, Ella!«, schimpfte er.

»Warum gehst du denn nicht weiter? Wir haben nur noch eine Minute!« Auf einmal war Ella sich nicht mehr so sicher, ob der Brötchenkauf eine gute Idee gewesen war.

»Guck doch!« Hannes deutete über die Bahnsteige. »Hier ist Gleis eins, dort sind zwei und drei und dahinter vier und fünf. Keine sieben!«

»Das kann doch nicht sein!« Verzweifelt hüpfte

Ella von einem Bein aufs andere. »Vielleicht hast du dich verguckt?«

Gnadenlos zog der rote Sekundenzeiger auf der Bahnhofsuhr seine Runden. Noch eine halbe Minute.

»Wo müsst ihr denn hin?« Der Geschäftsmann aus der Bäckereischlange drehte sich zu ihnen um.

»Zum Gleis sieben, glaube ich.« Hannes suchte fieberhaft in seinem Handy nach der Zugverbindung.

»Das ist dort hinten.« Der Mann deutete mit dem Kaffeebecher in der Hand den Bahnsteig hinunter.

Tatsächlich, in einiger Entfernung hing am Ende von Gleis eins ein blaues Schild mit einer weißen Sieben darauf. Und halb vom Bahnhofsgebäude verdeckt war da auch die Regionalbahn Richtung Wolfsburg.

»Danke!« Hannes sprintete los.

»Nicht dafür!«, rief der Mann.

Der Zug stand schon abfahrbereit, die roten Rücklichter leuchteten im langsam heller werdenden Morgenlicht.

Noch zehn Sekunden.

Ella presste die Brötchentüte an sich und rannte ihrem Bruder nach. Der war bereits an der hinteren Tür angelangt und drückte wie wild auf den Knopf, doch die Tür wollte sich nicht öffnen.

»Komm schon!«, keuchte Hannes atemlos.

Vorn im Führerhaus öffnete sich ein kleines Fensterchen, der Zugführer steckte den Kopf heraus. »Wollt ihr noch mit?«

»Ja, bitte!«, rief Ella. Mit jedem Schritt schlug ihr der Rucksack gegen den Rücken.

»Dann aber schnell«, meinte der Mann und kurz darauf sprang die Tür auf.

»Gott sei Dank!«, murmelte Hannes, als der Zug sich wenige Sekunden später mit ihnen an Bord in Bewegung setzte.

Ella grinste und schwenkte die Brötchentüte hin und her. »Frühstück?«

Draußen ging tiefrot die Sonne auf. Hannes und Ella hatten einen freien Platz ergattert und verputzten ihre Käsebrötchen.

»Guck mal, was sind das für Vögel?«, fragte Ella zwischen zwei Bissen.

Auf einem kahlen Feld standen Hunderte von großen grauen Vögeln. Sie hatten einen kräftigen Schwanz, ähnlich wie ein Strauß, und rote Flecken auf dem Kopf. Ella schätzte sie auf beinahe die doppelte Größe eines Storchs.

Hannes legte den Kopf zur Seite. »Kraniche?«, überlegte er. »Aber dann wären sie fast ein bisschen spät dran. Normalerweise ziehen die schon im Januar oder Februar Richtung Norden. Nicht erst Anfang März.«

Ella zuckte mit den Schultern. Selbst wenn die Vögel sich verspätet hatten – sie waren zum Glück pünktlich unterwegs. Gegen acht Uhr sollten sie ankommen, dann blieben ihnen zehn Stunden, um Noah zu finden. Ehrlich gesagt glaubte Ella nicht, dass ihnen das gelingen würde, aber *so* genau hatte sie Hannes das nicht gesagt.

Auf dem Sitz neben ihnen hatte ein kleiner Junge eine ganze Horde Kuscheltiere auf dem kleinen Tisch platziert, damit sie aus dem Fenster schauen konnten. »Was ist eigentlich das härteste Material der Welt?«, fragte er seinen Vater.

Der zog die Stirn in Falten, genau wie Ella. Sie

schätzte den Jungen auf fünf, höchstens sechs Jahre. Fragend schaute sie Hannes an, doch der hatte nicht zugehört.

»Ist Metall das härteste Material der Welt?«, bohrte der Junge und stampfte mit dem Fuß auf die metallene Abdeckung der Lüftung.

»Ich weiß nicht«, antwortete der Vater, »aber ich schaue mal nach.« Er scrollte einen Moment durch sein Handy. »Ja, Metall«, antwortete er schließlich. »Und Diamant.«

»Was ist Diamant?«, fragte der Kleine und drückte sich die Nase an der Scheibe platt. »Ich möchte auch Diamant haben.«

Ella prustete los und tat dann so, als müsse sie husten. So einen richtigen, echten Diamanten würde sie auch gern haben, aber den konnte ja keiner bezahlen.

»An der nächsten Haltestelle müssen wir raus«, verkündete Hannes und schloss den Reißverschluss seiner Jacke.

Langsam fuhr der Zug in den Bahnhof ein. Das Licht war ein wenig trüber als draußen auf den Feldern und Ella dachte, dass sich Wolken vor die aufgehende Sonne geschoben hatten. Doch als sich die Zugtüren öffneten, schlug ihnen beißender Gestank entgegen. Ella hustete in die Armbeuge. Für einen kurzen Moment zögerte sie, dann stieg sie hinter Hannes aus dem Zug. Es war totenstill auf dem Bahnsteig und über der ganzen Stadt hing eine dicke Decke aus Rauch.

★ ★ ★

Noah saß allein im Klassenzimmer und versuchte, diese drei Kapitel für den Deutschunterricht zu lesen. Aber egal, wie sehr er sich bemühte – sobald er die erste Seite umblätterte, begann das Kapitel von vorn. So würde er ewig brauchen! Er versuchte, sich zu konzentrieren, doch die Buchstaben vor seinen Augen verschwammen und flossen wie Regentropfen vom Papier, bis nur noch eine leere Seite zurückblieb.

Es klopfte.

»Herein!«, rief Noah, doch niemand öffnete die Tür. Er drehte sich um. Auf einmal stand er nicht mehr im Klassenraum, sondern im Flur ihrer Berliner Wohnung. Hatte jemand an ihre Wohnungstür geklopft? Oder war es das Geräusch vom Briefschlitz gewesen? Hatten die Verbrecher wieder seinen Dad im Visier? Noah versuchte, zur Tür zu gelangen, doch er kam einfach nicht vorwärts. Mit jedem Schritt wurde der Flur länger und länger, es fühlte sich so an, als stapfe er durch knietiefen Morast.

Wieder klopfte es, diesmal klirrte eine Glasscheibe. Jemand klopfte an ein Fenster.

An sein Fenster.

Der Flur verblasste und das Klopfen verstummte, stattdessen drang die Realität langsam in Noahs Bewusstsein vor. Er lag in seinem Bett, in der kleinen Einliegerwohnung des Pfarrhauses. Alles nur geträumt. Oder?

»Noah!« Die Stimme schien von weit weg zu kommen, wie durch Watte. Oder wie durch zwei Fensterflügel.

Auf einmal war Noah hellwach. Draußen klopfte *wirklich* jemand an sein Fenster! Wie spät war es? Er tastete nach dem Wecker und schaltete das Licht ein. Kurz vor fünf. Es war stockdunkel sowohl in seinem Zimmer als auch vor dem Fenster. Noah zog den Rollladen ein Stück nach oben, konnte aber kaum etwas erkennen. Da war nur ein merkwürdiges Flackern in seinem Augenwinkel.

Plötzlich leuchtete ein Handydisplay auf und erhellte ein Gesicht direkt vor dem Fenster. Es war Jules.

»Noah!« Sie schlug mit der flachen Hand gegen die Fensterscheibe. »Steh auf, schnell! Es brennt!«

Ohne nachzudenken, sprang Noah aus dem Bett, schlüpfte in seine Jeans, die er auf dem Schreibtischstuhl ertastete, und riss seine Zimmertür auf. »Dad! Wach auf, es brennt!« Er rannte durch den stockdunklen Flur, stolperte über seine Schuhe und riss den Jackenständer um. Wo war bloß der Lichtschalter?

Noah griff sich irgendeine Jacke aus der Dunkelheit und warf sie über seine Schulter. Ohne Schuhe und Handy stürzte er aus der Wohnungstür und zum Hauseingang.

Jules stand mit weit aufgerissenen Augen direkt vor der Haustür. »Der Schlüssel, schnell! Mein Papa muss da rein!«

Verwirrt blinzelte Noah sie an.

»Der Kirchenschlüssel!« Sie streckte die Hand aus.

Jetzt erst begriff Noah: Es war nicht das Pfarrhaus, das brannte. Sondern die Kirche. In den frühen Morgenstunden war Thees von einer Fehlermeldung der Heizungs-App auf seinem Handy geweckt worden. Der Küster hatte sofort gewusst, dass irgendetwas nicht stimmte, denn unter der Woche war die Heizung in der Kirche überhaupt nicht eingeschaltet. Und obwohl er versucht hatte, sich wirklich leise aus dem Haus zu schleichen, hatte Jules es mitbekommen und darauf bestanden mitzufahren.

Mit zittrigen Fingern schloss Thees den Seiteneingang auf. Das Jaulen der Brandmeldeanlage stach Noah in die Ohren.

Orangefarbene Flammen schlugen aus dem Dachstuhl, genau beim Übergang zum Turm. Dort stand der Verteiler für die Funkempfänger, die oben im Turm angebracht waren. Vielleicht ein technischer Defekt?

Ehe er begreifen konnte, was geschah, war Thees in der völlig verrauchten Kirche verschwunden.

»Halt!« Noah packte Jules am Arm. »Das ist viel zu gefährlich. Was willst du denn da drin?«

Jules riss sich los. »Wir müssen das Feuer löschen! Ich kann meinen Papa doch nicht allein lassen!« Sie wollte durch die Tür rennen, doch Noah war schneller und umklammerte ihre Schultern.

»Wie willst du *das* denn löschen?«, schrie er und nickte zum Dach hinauf. »Mit einem Feuerlöscher? Vergiss es! Das ist mordsgefährlich! Die Feuerwehr ...« Noah brach ab.

Beide starrten sich einen Augenblick lang an und Noah war sich sicher, dass Jules das Gleiche dachte wie er. Dann wand sie sich aus seinem Griff und verschwand ins Innere.

»Papa?«, hustete sie in der Dunkelheit.

Noah zögerte. Wenn er ihnen jetzt nachlief, würden sie gleich zu dritt mit einer Rauchvergiftung in der Kirche liegen und niemand wüsste Bescheid. Aber er konnte Jules doch auch nicht alleine durch Rauch und Dunkelheit irren lassen. Hoffentlich hatte sein Dad ihn eben rufen gehört!

Tief holte er Luft und hastete ihr nach. Das rote Licht der Brandmeldeanlage reichte gerade aus, um im verrauchten Kirchenschiff etwas zu erkennen. An der hinteren Tür zum Turm stand Thees. Der Küster hatte sich sein Halstuch über Mund und Nase gestülpt und hantierte am Stromkasten.

»Jules!«, rief Noah und hustete. Sobald er zu tief Luft holte, stach ihm der Rauch in die Lungen.

Thees schaute hoch. »Was machst du denn hier?«, fuhr er Noah an. »Geh sofort raus, das ist viel zu gefährlich!«

»Aber Jules ist –«

»Wo ist sie?« Thees stieß Noah beiseite und rannte durch den Mittelgang. Doch keine Spur von Jules.

»Sie wollte löschen helfen«, krächzte Noah ihm nach.

»Löschen?« Thees drehte sich einmal um die eigene Achse und suchte mit den Augen das Innere der Kirche ab. »Womit denn? Mit einem Feuerlöscher kann man hier nichts mehr ausrichten.«

»Hab ich …«, Noah hustete gequält, »… ihr auch gesagt.«

Über ihnen rumpelte es, der Boden unter Noahs Füßen bebte. Putz bröselte von der Decke.

Mit großen Schritten durchquerte Thees die

Kirche und packte ihn bei den Schultern. »Du gehst *sofort* raus!«, fuhr er Noah an. »Wenn der Dachstuhl einstürzt und durch das Gewölbe bricht, dann ...«

»Aber Jules?«

»Ich suche sie.« Thees schob ihn Richtung Ausgang. Für einen winzigen Augenblick zögerte Noah. Konnte er Thees und Jules wirklich trauen? Er schob den Gedanken beiseite. *Nicht jetzt!* Der Rauch ließ seine Augen tränen und in seinen Ohren überschlug sich das Heulen der Brandmeldeanlage. Noah nickte bloß und taumelte zurück zum Seiteneingang. Noch zwei, drei Atemzüge und er würde hier drin umkippen. Hoffentlich war Jules nichts passiert ...

Noch ehe er ganz im Freien war, bog ein roter Kleinbus mit eingeschaltetem Blaulicht um die Ecke. Kaum war das Fahrzeug zum Stehen gekommen, sprang auch schon ein Feuerwehrmann heraus.

Es war Roman. »Was ist passiert?«, rief er, noch bevor er Noah erreicht hatte.

»Ich weiß nicht.« Noah winkte ab und atmete

gegen den Schmerz in seiner Lunge an. »Jules hat mich geweckt und –«

»Ist jemand da drin?«

Noah nickte und hob zwei Finger. »Thees und Jules. Sie wollte das Feuer löschen und Thees –«

»Was für ein Unsinn«, murmelte Roman und griff an sein Funkgerät. »Warnstufe erhöhen!«, bellte er, »zwei Personen vermisst. Menschenrettung hat oberste Priorität. Drei Leute mit vollem Atemschutz zu mir. Der Rest stellt eine Wasserversorgung her.«

Aus dem Funkgerät kam irgendeine verzerrte Antwort, die Noah nicht verstand. Nur Sekunden später bogen zwei Feuerwehrfahrzeuge um die Kurve. Noah taumelte zur Seite, als ein ganzer Trupp Feuerwehrleute begann, Schläuche zu entrollen und die Drehleiter auszufahren. Drei Personen mit Pressluftflaschen und Atemschutzmasken verschwanden im Inneren der Kirche. Noah beobachtete, wie Roman geschäftig von einem zum anderen eilte und Aufgaben verteilte. Ein Krankenwagen und ein Streifenwagen der Polizei trafen ein, Roman diskutierte angeregt mit den Polizisten und auch Pfarrer Peters stand auf einmal dabei, in Morgenmantel und Filzpantoffeln.

Noah presste sich die Hände auf die Brust, um sein rasendes Herz zu beruhigen. Hoffentlich passierte Jules und Thees nichts! Hoffentlich wurde am Ende alles gut.

Plötzlich gab es einen Schlag, entsetzt fuhr Noah zusammen. Kurz darauf dröhnte es ein zweites Mal – die Glocken begannen zu läuten!

Er schaute zum Dach hinauf, aus dem die Flammen schlugen wie aus einer riesigen Feuertonne. Ein Meer aus Funken stob in den Nachthimmel auf und erhellte auf schaurige Weise den Turm, in dem die Glocken läuteten. Noah schluckte. Als würde die Kirche um Hilfe rufen. Das Kirchendach vor seinen Augen begann, sich zu drehen. Hilfe suchend lehnte Noah sich gegen die Wand und presste seine Fäuste auf die Augen.

Als er schließlich wieder klar sehen konnte, war Roman verschwunden.

Noah stolperte vorwärts. Er musste mit den Polizisten sprechen! Was auch immer Roman im

Schilde führte, wahrscheinlich hatte er bei der Polizei bereits eine falsche Fährte gelegt.

Doch er kam nicht weit. Nach wenigen Schritten fühlten sich seine Beine an wie aus Pudding und ihm wurde ganz schummrig. Er versuchte, sich an einem der Feuerwehrfahrzeuge abzustützen, griff aber daneben.

Jemand packte ihn unter den Armen. »Noah!«

Er blinzelte, die Stimme hallte in seinem Kopf wider. War das Dad?

»Ich glaube, er war da drin.« Dad schleifte ihn zum bereitstehenden Krankenwagen. »Verdacht auf Rauchgasvergiftung!«

Vier Hände hievten Noah auf einen Sitz im Inneren des Krankenwagens. Eine Hand in einem blauen Gummihandschuh stülpte ihm eine Maske über Mund und Nase.

»Ruhig weiteratmen, gleich geht es dir besser«, sagte eine Frauenstimme und klopfte leicht auf seinen Handrücken. Der Krankenwagen drehte sich vor Noahs Augen. Dann durchfuhr ihn ein stechender Schmerz. Er wollte seine Hand wegziehen, aber jemand hielt sie fest.

»Gleich vorbei.« Die Sanitäterin schloss einen Schlauch an seinen Handrücken an.

Noah sank etwas tiefer in den Sitz, als Dads Gesicht vor seinem auftauchte.

»Was ist denn passiert?« Sein Vater schaute ihn über den Brillenrand hinweg an.

»Jules hat ...« Noah hustete und die Atemmaske beschlug. »Ich glaube, Roman will ...«

Die Sanitäterin legte ihm eine Hand auf den Arm. »Keine unnötige Anstrengung!«, sagte sie ernst. »Wir müssen erst mal deine Sauerstoffsättigung überprüfen.« Sie klemmte ihm ein Messgerät an den Zeigefinger.

Draußen wurden Rufe laut.

Noah wollte sich aufrichten, doch Dad drückte ihn zurück auf den Sitz. »Du bleibst hier. Ich schaue mich da draußen mal um.«

★ ★ ★

Um das Polizeiauto hatte sich eine Menschentraube gebildet. Vorsichtig schob sich Noahs Dad Jacob durch die Gruppe der Schaulustigen, die tuschelnd und Hälse reckend herumstanden.

»Wir haben den Mann dort damit in der Kirche aufgegriffen, als wir seine Tochter aus dem Rauch geholt haben.« Ein Feuerwehrmann deutete erst auf den Beschuldigten, der neben einer Feuerwehrfrau stand, dann auf einen Sack auf dem Boden.

Der angesprochene Polizist bückte sich und schlug den Stoff auseinander.

Ein Raunen ging durch die Menge, als er einen goldenen, mit Edelsteinen verzierten Kelch aus dem Sack hob.

»Ich glaube, er wollte sich damit aus dem Staub machen«, sagte der Feuerwehrmann laut.

»So ein Unsinn!«, rief der angeklagte Mann. Seine Haare waren zerzaust und er war ziemlich blass um die Nase. »Ich bin darüber gestolpert, als ich meine Tochter gesucht habe. Das Zeug lag mitten in der Kirche. Der Kelch wird doch schon seit einer Weile vermisst!«

»Zeug, ja?«, erwiderte Pfarrer Peters scharf. »Dir ist schon bewusst, dass wir hier über die gestohlenen Stücke des Kirchenschatzes reden?«

Jacob kniff fest die Augen zusammen. Der Küster Thees war also gerade mit den ganzen verschwundenen Schätzen in der Kirche aufgegriffen worden?

»Wenn ihr mich fragt«, sagte der Feuerwehrmann, obwohl ihn niemand gefragt hatte, »dann wollte er sich im Durcheinander mit dem Schatz davonmachen. Wahrscheinlich hat er den Brand selbst gelegt, um von sich abzulenken.« Er deutete auf Thees. »Bloß gut, dass wir ihn rechtzeitig erwischt haben.«

Noahs Vater zog die Stirn in Falten. Eigentlich sollte der Feuerwehrmann Besseres zu tun haben, als wilde Anschuldigungen herauszuposaunen. War das nicht derselbe, der ihn vor einiger Zeit nach dem Kirchenschlüssel gefragt hatte?

»Ja, wie gut, dass du da warst, Roman!«, rief eine Frau.

»Du hast den Schatz gerettet!« Einer der Nachbarn klopfte dem Feuerwehrmann anerkennend auf die Schulter. »Und den Dieb überführt.«

»So ein Unsinn! Der einzige Schatz, der gerettet werden musste, war meine Tochter!« Thees sprang auf Roman zu, doch der zweite Polizist packte ihn und drückte den Küster gegen das Auto.

»Sieht nicht gut für Sie aus.« Er zog mit der freien Hand die Handschellen aus der Halterung an seinem Gürtel.

»Papa!« Von einer Seite drängte sich Jules durch die Leute, ein Sanitäter hielt sie am Arm fest. »Was macht ihr mit ihm?«

Pfarrer Peters stellte sich ihr in den Weg. »Es passiert ihm nichts«, sagte er und legte Jules beruhigend die Hände auf die Schultern. »Ich fürchte nur, dein Vater hat *wirklich* den Kirchenschatz gestohlen.«

»Niemals!«, schluchzte Jules.

Thees bäumte sich auf. »Ich habe nichts gestohlen!«

»Natürlich nicht«, erwiderte Roman ironisch. »Und du hast ganz bestimmt auch kein Feuer gelegt, um den Diebstahl zu vertuschen, oder? Wären wir nicht so schnell vor Ort gewesen, wärst du tatsächlich damit davongekommen.«

»Ja, genau!«

»Ein Hoch auf die Feuerwehr!«

»Bist du irre?«, brüllte Thees und übertönte die anerkennenden Rufe der Umstehenden.

Der Polizist hatte Mühe, den Küster festzuhalten.

»Ich glaube, Roman hat recht«, sagte Pfarrer Peters kühl. »Jetzt sehen wir alle dein wahres Gesicht. Was hattest du denn sonst in der Kirche zu suchen? Wenn ich mich richtig erinnere, hast du Hausverbot!«

»Und woher wusste er überhaupt von dem Brand?«, rief jemand.

Jules drängte sich dazwischen. »Die Heizungs-App hat eine Fehlermeldung geschickt. Er wollte nur den Strom abstellen, damit es keinen weiteren Kurzschluss gibt!«

Pfarrer Peters schüttelte mitleidig den Kopf und schob sie weg.

Hinter Jacob klickten Kameras. Er warf einen Blick über die Schulter. Tatsächlich, auch die Pressevertreter waren schon da und versuchten, Fotos vom Kirchenschatz und dem Küster in Handschellen zu machen.

»Was für eine Heldengeschichte!«, raunte einer von ihnen.

»Der zurückhaltende, loyale Roman wächst über sich hinaus«, antwortete ein anderer.

Über ihnen stieg weißer Rauch auf, ein Zeichen dafür, dass die Feuerwehr den Brand in den Griff bekommen hatte.

»Roman hat die Kirche gerettet!« Eine ältere Dame umarmte den Feuerwehrmann überschwänglich.

»Er lügt euch an!«, rief Thees, doch beide Polizisten drückten ihn auf die Rückbank des Polizeiautos.

Da wurde es Jacob zu bunt. Er griff in seine Hosentasche und seufzte. Dass er das in diesem verschlafenen Städtchen mal machen würde, hätte er auch nicht gedacht. Er schob sich die Brille zurecht.

»Entschuldigung!«, sagte er laut und trat vor.

Sofort waren alle Augen auf ihn gerichtet.

Er zog seinen Polizeiausweis aus der Tasche und hielt ihn hoch. »Kriminalpolizei. Ich übernehme hier.«

★ ★ ★

Der Polizist beugte sich vor, um besser hören zu können.

Noah schaute verwirrt zwischen Dad und dem

Mann in Uniform hin und her, der mit gezücktem Stift auf seine Antwort wartete.

»Erzähl noch mal ganz von vorn, was heute passiert ist«, forderte Dad ihn erneut auf.

Noah blinzelte kräftig und zog dann die Atemmaske ein Stück vom Mund weg. »Ich bin wach geworden, weil jemand an mein Fenster geklopft hat«, begann er. »Es war Jules. Sie sagte, ich soll aufstehen, weil es brennt.«

Der Polizist nickte und schrieb.

»Als ich zur Tür kam, hat Jules nach dem Schlüssel gefragt.«

»Nach welchem Schlüssel?«, fragte Dad.

»Nach dem Ersatzschlüssel für die Kirche. Vom Seiteneingang.«

»Und den hast du ihr gegeben?« Der Polizist setzte ab und schaute Noah auffordernd an.

»Ja, natürlich.« Noah nickte und nahm einen tiefen Atemzug aus der Sauerstoffmaske. »Thees wäre doch anders gar nicht reingekommen. Er hat doch keinen Schlüssel mehr.«

»Und was wollte er da drin?«, bohrte der Polizist weiter.

»Ich weiß nicht.« Irritiert schaute Noah von einem zum anderen. »Das Feuer löschen?«

Triumphierend deutete der Polizist mit dem Finger auf Noah und grinste Dad an. »Das passt nicht zusammen.«

Genervt rollte sein Vater mit den Augen. »Warten wir mal die Spurensicherung ab. Was hast du gesehen, als du in die Kirche gekommen bist?«

Noah überlegte kurz. Blitzendes rotes Licht und viel Rauch. Und Thees am Stromkasten. »Der Küster hat den Strom ausgeschaltet«, antwortete Noah.

»Hatte er etwas bei sich?«

»Nein.« Noah schüttelte den Kopf. »Er hat mich rausgeschickt, weil da zu viel Rauch war.«

»Wie viel Zeit ist vergangen von dem Moment, als Ihr Sohn die Kirche verlassen hat, bis zu dem Moment, wo wir den Küster aufgegriffen haben?«, fragte der Polizist Dad mit einem besserwisserischen Unterton.

»Zehn Minuten«, antwortete Dad gelassen. »Höchstens.«

Der Polizist tippte mit dem Bleistift auf seinen Notizblock. »Das ist genügend Zeit, um den Schatz aus seinem Versteck zu holen.«

Dad schmunzelte und warf dem jungen Mann einen Blick über den Brillenrand zu. »Haben Sie in Ihrer Ausbildung nicht gelernt, dass man als Polizist keine Vermutungen anstellt, sondern Beweise sprechen lässt?«

Der Mann klappte den Mund auf und wieder zu.

Eine Frau in einem weißen Ganzkörperanzug trat neben Dad und reichte ihm ein Plastiktütchen mit einem winzigen, glitzernden Gegenstand darin. »Das haben wir im Einsatzfahrzeug der Feuerwehr gefunden.«

Dad hielt das Tütchen ins Licht. »Wo genau?«

»Im Fußraum auf der Beifahrerseite.«

Sein Vater nickte. »Danke.« Er streckte dem Polizisten das Beweisstück hin. »Was ist das Ihrer Meinung nach?«

Der Polizeibeamte schluckte und antwortete nicht.

»Jetzt *dürfen* Sie mal eine Vermutung anstellen«, fuhr Dad fort.

»Ein Diamant?«

»Wo, denken Sie, hat sich der Kirchenschatz befunden, bevor er heute Morgen in der Kirche aufgetaucht ist?«

»Sie dürfen das Auto doch ohne Beschluss gar nicht durchsuchen! Und wie soll der Schatz überhaupt in das Feuerwehrfahrzeug gelangt sein? Das beweist noch gar nichts!«, brauste der junge Mann auf.

»Die Feuerwehr hat einer Durchsuchung zugestimmt«, erwiderte die Frau von der Spurensicherung achselzuckend.

»Dieses eine Teil beweist tatsächlich noch nichts«, stimmte Dad dem Polizisten zu. »Aber ich habe da noch ein paar mehr Puzzleteile für Ihre Beweisführung.«

★ ★ ★

Mühsam kämpfte sich die aufgehende Sonne durch die Rauchschwaden, die über der Innenstadt hingen. Die Feuerwehr war immer noch mit den Löscharbeiten am Dachstuhl beschäftigt, aber glücklicherweise waren keine Flammen mehr zu sehen. Wie schwarze Finger ragten verkohlte Dachbalken aus dem Loch, aus dem vor einer Stunde noch meterhohe Flammen geschlagen waren.

Noah saß noch immer auf dem Sitz im Krankenwagen und wartete – entweder darauf, dass man ihn zur Kontrolle ins Krankenhaus brachte, oder darauf, dass er endlich gehen konnte. Stattdessen passierte etwas anderes.

»Du musst uns alles erzählen!«, rief Konsti und kam im Slalom über die Feuerwehrschläuche auf ihn zugehumpelt.

Georg war direkt hinter ihm. Das Gesicht des sonst so entspannten Jungen glühte. »Wir haben Gerüchte gehört«, erzählte er aufgeregt. »Von einem Kriminalhauptkommissar aus Berlin, der im letzten Moment den Dieb des Kirchenschatzes überführt und den Küster gerettet hat!«

Noah grinste. »Ihr habt was verpasst.«

»Allerdings!«, rief Konsti empört und stieg kurzerhand die Stufen zum Inneren des Krankenwagens hinauf. »Also sag schon, was ist hier los?«

Noah zog die Atemmaske bis zum Kinn herunter. »Stellt euch vor, mein Dad hatte Roman schon überführt, da hatten wir ihn noch gar nicht im Verdacht.«

Georg und Konsti wechselten einen überraschten Blick. »Überführt?«

»Na ja«, Noah legte den Kopf zur Seite, »er hatte zumindest eine starke Vermutung. Wisst ihr noch, als Roman uns aus der Sakristei befreit hat?«

Beide nickten.

»Vorher hat er bei meinem Dad geklopft und nach dem Schlüssel gefragt. Dabei sind meinem Vater weiße Pulverspuren an Romans Hand aufgefallen.«

»Von der Rauchkerze?«, fragte Georg vorsichtig.

»Genau. Als Roman dann zur Kirche gegangen ist, ist Dad ihm gefolgt und hat gesehen, dass er überhaupt nicht versucht hat, die Seitentür aufzuschließen. Roman ist einfach direkt reingegangen, als ob er wusste, dass die Tür offen war.«

Konsti zog die Augenbrauen hoch.

Noah hob die Hand. »Pass auf: Als die beiden dann in der Kirche waren, hat Roman uns ja aus der Sakristei gelassen.«

»In die er uns vorher eingesperrt hat?« Georg machte ein verkniffenes Gesicht.

»Genau«, bestätigte Noah. »Er hat die Tür abgeschlossen und direkt wieder aufgeschlossen, um den Schlüssel dann zurück in Simsons Arm zu bringen.«

»Niemals!«, protestierte Konsti und fuchtelte mit dem Finger vor Noahs Gesicht herum. »Wir haben doch die ganze Zeit versucht, die Tür zu öffnen.«

»Ja natürlich.« Noah zog die Sauerstoffmaske kurz wieder hoch und nahm einen tiefen Atemzug. »Mein Vater hat beobachtet, dass Roman die Tür zur Sakristei nicht aufgeschlossen, sondern dagegengetreten hat. Wäre sie zugeschlossen gewesen, hätte er sie dadurch niemals aufbekommen. Und später hat Dad einen Holzkeil neben der Tür entdeckt.«

»Hä?« Konsti schien ihm nicht mehr folgen zu können.

»Er hat zugeschlossen.«

Konsti nickte.

»Dann hat er die Tür verkeilt und wieder aufgeschlossen.«

»Aber warum?«

»Um den Schlüssel im Versteck platzieren zu können, damit ihn niemand damit erwischt.«

»Okay ...« Langsam schien Konsti zu verstehen. »Aber warum hat er deinen Dad geholt?«

»Weil er einen Zeugen für seine Rettungsaktion brauchte«, erklärte Noah triumphierend. »Er hat ihm gesagt, dass er direkt vom Bahnhof kam und deshalb so schnell an der Feuerwache war. Aber eigentlich hat er ihn nicht geholt. Mein Dad ist einfach mitgegangen, das hat ihn wahrscheinlich durcheinandergebracht. Deshalb ist er auch so schnell abgehauen.«

»Er hat sich ein Alibi verschafft.« Georg tippte sich mit dem Finger gegen die Stirn.

»Genau! Blöd nur, dass er sich dafür aus Versehen einen Kriminalkommissar ausgesucht hat und ...«

»Warum hat Roman uns überhaupt in der Sakristei eingeschlossen?«, überlegte Konsti laut.

»Wahrscheinlich, weil wir ihm viel zu dicht auf den Fersen waren. Vielleicht wollte er uns einschüchtern? Oder auf eine falsche Fährte bringen ...«

»Und hat er das Feuer in der Kirche gelegt? Das

war doch kein Zufall, oder?« Konsti schien von der aktuellen Entwicklung ein wenig überfordert zu sein.

»Das muss die Polizei jetzt herausfinden«, gab Noah gelassen zurück.

»Vielleicht hat er irgendwas am Strom manipuliert«, mutmaßte Georg. »Auf alle Fälle wusste er, dass Thees auftauchen würde, sobald es eine Fehlermeldung in der Heizungs-App der Kirche geben würde.«

Noah lehnte sich in seinem Sitz zurück und schloss die Augen. Ein bisschen schwummrig war ihm immer noch.

»Entschuldigung?«

Eine Stimme vor dem Krankenwagen ließ ihn aufhorchen. Noah blinzelte durch die halb geschlossenen Augenlider.

Georg sprang vom Tritt und machte Platz.

»Ich will gar nicht stören«, fuhr die Stimme fort.

Sie kam Noah sehr bekannt vor, aber gerade dröhnte sein Kopf von dem Chaos der letzten Stunden viel zu sehr, um sie zuordnen zu können.

»Wir ... also, ich suche meinen Kumpel. Klingt blöd, lange Geschichte. Ich dachte nur gerade von Weitem, dass ich ihn hier gesehen hätte.«

Noah schlug die Augen auf. War das nicht ...?

»Wie heißt er denn?«, fragte Georg.

»Noah.« Ein Gesicht erschien in der Wagentür.

»Das glaub ich jetzt nicht!« Noah riss sich die Maske vom Gesicht, als er Hannes erkannte. Er sprang auf und musste sich mit beiden Händen im Türrahmen abstützen. »Was machst du denn hier?«

»Ihr«, berichtigte Hannes ihn und grinste von einem Ohr zum anderen.

Noah sprang aus dem Krankenwagen und riss dabei den Infusionsständer um. Nun entdeckte er auch Ella.

»Das letzte Mal, als ich in einem Krankenwagen saß, hab ich gehofft, dass wir uns bald wiedersehen«, sagte Noah und blinzelte eine Träne weg, als er seine Freunde in die Arme schloss. »Hätte nicht gedacht, dass das so lange dauert.«

»Wir auch nicht!«, erwiderte Hannes und schob ihn von sich, um ihn ansehen zu können. »Dein Rätsel war gar nicht so leicht.«

Noah zog mit gespielter Entrüstung die Augenbrauen hoch. »Komm schon, das war doch easy!«

»Und gehört das jetzt auch noch zur Lösung des Kirchenschatz-Rätsels?«, fragte Konsti irritiert. Er stand in der Tür des Krankenwagens und hielt die Infusion hoch, damit Noah sich nicht den Schlauch aus dem Handrücken riss.

»Nicht so richtig«, erwiderte Noah und drückte Ellas Arm. »Ist echt eine lange Geschichte.«

Georg lehnte sich gegen den Krankenwagen und verschränkte die Arme. »Na dann!« Neugierig nickte er Noah, Hannes und Ella zu. »Diesmal haben wir *wirklich* Zeit.«

Ein Weihnachtsbaum
zu Ostern

»Ich schulde dir noch etwas.« Jules öffnete die Seitentür zur Kirche und ließ Noah zuerst eintreten.

»Ich wüsste nicht, was.«

Das Innere der Kirche war in schummriges Licht getaucht. Es war Ostersamstag und draußen war es bereits dunkel.

»Ein Dankeschön vielleicht«, antwortete Jules und ging voran. »Und eine Antwort.«

»Eine Antwort?«, fragte Noah irritiert.

»Ja.« Sie deutete in den Altarraum, der von einem einzelnen Strahler erleuchtet war. »*Das* macht man mit einer Säge in einer Kirche.«

»Was ist das?« Vor Noah stand ein mannshohes Holzkreuz, über und über mit frischen Blumen geschmückt, und daneben Thees auf einer Stehleiter.

»Das war mal der Weihnachtsbaum«, antwortete Thees, der gerade die letzten Blüten anbrachte.

»Das ist unsere Weihnachts-Oster-Tradition«, erklärte Jules. »Wir, also eigentlich Papa, machen jedes Jahr aus dem Stamm des Weihnachtsbaumes ein Kreuz für Ostern. Denn Weihnachten und Ostern sind untrennbar miteinander verbunden.«

»Was für eine schöne Idee«, meinte Noah und fuhr mit der Hand über das raue Holz der Fichte.

»Es ist nicht nur eine Idee«, erwiderte Thees. Er steckte eine rote Rose genau dorthin, wo sich die beiden Stämme kreuzten. »Es ist auch eine besondere Symbolik. Weihnachten, das Fest der Liebe, weil Gott sich den Menschen voller Liebe zuwendet, mündet in das Fest, dass die Liebe Gottes den Tod besiegt.«

»Deshalb die Blumen?«, fragte Noah vorsichtig.

»Ja.« Jules nickte. »Wir bringen sie immer erst

am Ostersamstag an, denn am Sonntagmorgen feiern wir ja die Auferstehung.«

»Aus dem toten Holz erwächst neues Leben.« Thees räumte leise die Leiter beiseite.

»Was für ein schönes Bild.« Noah legte den Kopf zur Seite und blinzelte ein paar Tränen weg. Er musste einen Moment lang an seine Mutter denken, die vor fast zehn Jahren gestorben war. Und in diesen kurzen Momenten spürte er, dass Liebe stärker war als der Tod.

»Wie findest du das?«, fragte Jules.

»Schön«, antwortete Noah leise. »Wirklich schön, was man mit einer Säge in einer Kirche anstellen kann. Und für mich hat es noch eine zweite Bedeutung: Egal, wie hart und rau das Leben manchmal ist: Am Ende wird alles gut.«

★ ★ ★

Es war der erste Schultag nach den Ferien. Georg wartete vor der Containeranlage auf dem Schulhof. »Und, kommst du uns mal besuchen, hier irgendwo im Nirgendwo?« Er hielt Noah die Hand hin.

»Na klar, Mann!« Freundschaftlich schlug Noah ein. »Mein Dad ist ja jetzt so was wie ein Held hier.«

»Wie man's nimmt.« Georg lachte. »Stimmt schon. Aber besser wäre es gewesen, wir hätten überhaupt keinen Helden gebraucht.«

Letztlich war das ja auch Romans Motivation gewesen: als Held gefeiert zu werden. Als Retter des Kirchenschatzes und der Kirche. Vielleicht hatte er ursprünglich den Schatz auch zu Geld machen wollen und dann kalte Füße bekommen. Und versucht, ihn so wieder loszuwerden, dass er zum Held der Geschichte wurde. Das wusste nur Roman selbst. Vielleicht hatte er auch nie vorgehabt, Thees dafür zum falschen Verdächtigen zu machen, aber er war auch nicht von seinem Plan abgewichen, als es so kam.

»Und was lernen wir jetzt daraus?«, fragte Noah gedankenverloren.

Georg seufzte. »Ich weiß nicht. Vielleicht, dass wir grundsätzlich Leuten Anerkennung für ihre Leistung entgegenbringen sollten, damit sie sich nicht auf *so* eine Art und Weise Lob ergaunern brauchen?«

»Und dass jemand, der mit einer Säge in eine Kirche geht, viel harmloser ist als jemand mit einem Feuerwehrschlauch.«

»Na, na!« Georg hob warnend einen Zeigefinger. »Das ist *sehr* situationsabhängig! Die allermeisten Feuerwehrleute sind vertrauenswürdige Menschen. Aber leider befindet sich in ihren Reihen manchmal auch jemand, der es nicht ist.«

»Stimmt!«, sah Noah ein. »Auf alle Fälle aber, dass kein Schatz der Welt wertvoller ist als echte Freundschaft.«

»Und die Wahrheit.«

»Und ein Menschenleben.«

Georg boxte ihn gegen die Schulter. »Jetzt hör auf. Wir werden ja ganz gefühlsduselig! Auf alle Fälle hast du auch gelernt, dass es in einer Kleinstadt auch ziemlich hoch hergehen kann.«

Noah grinste. »Komm du mal nach Berlin«, foppte er Georg. »Aber du hast schon recht. Es war hier einfach nicht verschlafen genug, um Dads Tarnung aufrechtzuerhalten.«

Das war auch nicht mehr nötig, Gott sei Dank! Denn Dad hatte schon vor dem Kirchenbrand den

Anruf bekommen, dass die Gerichtsverhandlung in Berlin abgeschlossen sei und er sich auf ihre Rückkehr vorbereiten könne. Und jetzt war es also so weit. Wieder mal hieß es, Abschied nehmen. Aber diesmal nicht leise und heimlich.

Vor dem Schultor stand der Kleintransporter, der Dad und ihn zurück in die Hauptstadt bringen sollte. Auch Dads Kollege vom Kriminaldauerdienst war da, der schon beim letzten Mal ihren Umzug organisiert hatte.

Auf dem Schultor allerdings saß Derek. Er ließ die Beine baumeln und starrte den beiden finster entgegen. »Bloß gut, dass du endlich 'nen Abgang machst!«, rief er, als Georg und Noah näher kamen.

Noah erwiderte nichts und vergrub seine Fäuste etwas tiefer in den Jackentaschen.

»Lass gut sein, Derek«, meinte Georg bloß.

»Mit dir rede ich doch gar nicht«, keifte Derek und sprang vom Tor. »Ich werde doch wohl dem Ni...«, er hustete kurz, »Noah noch ›Auf Wiedersehen‹, sagen dürfen.« Er streckte Noah die Hand hin und nickte Richtung Kleintransporter.

»Zumindest dein Alter scheint ja ganz okay zu sein.«

Noah wertete das als eine Art Entschuldigung, trotzdem machte er keine Anstalten, Dereks Hand zu ergreifen.

Schließlich fuhr der sich übertrieben cool mit der ausgestreckten Hand durch die Haare und verschwand.

Noah atmete auf. »Den werde ich am allerwenigsten vermissen.«

»Und was wirst du nur am wenigsten vermissen?«

Er legte den Kopf zur Seite. »Herrn Koschewski und seinen Schlüssel. Und diese blöde Containeranlage.«

Georg grinste. »Und wirst du auch irgendwas ein bisschen vermissen?«

»Sicher! Dich zum Beispiel.« Noah schubste Georg zum Schultor hinaus. »Und den Rest der *Fantastischen vier*. Grüß sie mal.«

»Mach ich!« Georg löste das Schloss an seinem Moped.

»Hey! Und danke dafür, dass du dich nicht von

Derek einschüchtern lässt. So Typen wie dich sollte es an den Schulen öfters geben.«

Georg lächelte nur und erwiderte nichts.

»Ich muss euch unbedingt im Kaninchenstall besuchen kommen.« Jetzt war Noah doch ein bisschen schwer ums Herz.

Georg tippte sich zum Abschied mit zwei Fingern gegen die Schläfe. »Jederzeit!« Dann setzte er seinen Helm auf, trat auf den Kickstarter und knatterte in einer blauweißen Abgaswolke davon.

★ ★ ★

»Wie unfair, Mann«, maulte Hannes mit gespieltem Entrüsten. »Jetzt hast du zweimal Ferien!«

Noah schob sein BMX neben ihm her. »Wer kann, der kann«, erwiderte er achselzuckend.

In Sachsen-Anhalt lagen die Ferien in der Woche vor Ostern, in Berlin in der Woche danach.

Am Spreeufer hielt, wie überall, der Frühling Einzug. Die Küken der Graugänse waren schon geschlüpft und die Weiden am Ufer zeigten erstes zartes Grün.

Noah zog den Kinnverschluss seines Helms fest und stieg aufs BMX. Er fuhr ein paar Meter voraus, sprang dann samt Rad auf die Mauer, die den Spazierweg vom Fluss abgrenzte, und fuhr zurück zu Hannes. Mit einem großen Satz landete er direkt vor den Füßen seines Freundes.

»Das kann ich auch«, meinte der gelassen.

»Na klar.« Noah lachte. »Du mit deiner Zwei-Meter-Höhenangst.«

»Zwei-Meter-Höhenangst? Du spinnst wohl«, gab Hannes entrüstet zurück. »Ich hab eine Drei-Meter-Höhenangst. Mindestens!«

»Wenn das so ist.« Noah sprang vom Rad und hielt es Hannes demonstrativ hin, doch der winkte ab.

»Jetzt hab ich keine Lust mehr.«

Sie trotteten gemeinsam weiter am Ufer entlang und genossen die warmen Strahlen der Frühlingssonne.

»Eins hab ich noch nicht verstanden«, meinte Hannes schließlich und blieb stehen. »Was hatte es denn jetzt mit der Säge in der Kirche auf sich?«

Noah nahm seinen Helm ab und wuschelte sich

den Lockenkopf zurecht. »Na ja, erst mal stand die Säge dafür, dass ich es nicht auf die Reihe gekriegt hab, dem Ehrenwort einer Freundin zu vertrauen.« Er lehnte das BMX gegen die Mauer, auf die er sich dann setzte.

»Okay, und wofür steht die Säge noch?«, hakte Hannes nach und setzte sich neben ihn.

»Wenn man noch einen Weihnachtsbaum, eine Handvoll Nägel und ein paar Blumen dazunimmt, steht sie für eine großartige Verwandlung.«

»Ah ja.« Hannes zog die Augenbrauen hoch. »Und wofür steht die Verwandlung?«

Noah antwortete nicht gleich und schaute stattdessen aufs Wasser, wo gerade ein Ausflugsschiff vorbeizog. Die Trauerweiden tunkten die Spitzen ihrer Äste in den Fluss und Sonnenstrahlen ließen die tanzenden Wellen glitzern wie Diamanten.

Er seufzte dankbar. »Dafür, dass am Ende alles gut wird.«

Kennst du schon die »Windvögel«?

Die Windvögel –
Das geheimnisvolle Leuchten
ISBN 978-3-96362-239-7
214 Seiten, gebunden

Große Enttäuschung für Ella und Hannes: Statt nach Ägypten geht's nach Österreich. Aus der Notlösung wird jedoch ein Abenteuer mit coolen Erlebnissen auf einem reißenden Fluss und unter dem Sternenhimmel. Doch woher kommen diese Leuchtsignale in den Bergen?

Die Windvögel –
Sturm über Berlin
ISBN 978-3-96362-269-4
192 Seiten, gebunden

Ein aufziehender Sturm stürzt die Stadt ins Chaos. Ehe sie sich's versehen, stecken die Windvögel und ihre Freunde bis zum Hals in Schwierigkeiten. Und dann ist da noch dieser unheimliche Mann im blau-weißen Trainingsanzug, der überall aufzutauchen scheint ...

Die Windvögel –
Der verbotene Wald
ISBN 978-3-96362-303-5
224 Seiten, gebunden

Ella und Hannes freuen sich auf ein entspanntes Campingwochenende mit ihren Eltern in Brandenburg, doch als der freche Johnny Hannes den Wald zeigen will, den sie eigentlich gar nicht betreten dürfen, passiert ein Unglück und ein gefährlicher Wettlauf gegen die Zeit beginnt ...